Buffy – Im Bann der Dämonen
MUTTER DER MONSTER

Cameron Dokey

Buffy
IM BANN DER DÄMONEN

Mutter der Monster

Aus dem Amerikanischen
von Thomas Ziegler

Die Deutsche Bibliothek – CIP-Einheitsaufnahme

Buffy, im Bann der Dämonen. – Köln : vgs
Mutter der Monster/Cameron Dokey. Aus dem Amerikan.
von Thomas Ziegler. – 2001
ISBN 3-8025-2788-7

Das Buch »Buffy – Im Bann der Dämonen. Mutter der Monster« entstand
nach der gleichnamigen Fernsehserie
(Orig.: *Buffy, The Vampire Slayer*) von Joss Whedon,
ausgestrahlt bei ProSieben.

© des ProSieben-Titel-Logos mit freundlicher
Genehmigung der ProSieben Media AG

Erstveröffentlichung bei Pocket Books, New York 2000.
Titel der amerikanischen Originalausgabe:
Buffy, The Vampire Slayer. Here be Monsters.
TM und © 2000 by Twentieth Century Fox Film Corporation.
All Rights Reserved.

© der deutschsprachigen Ausgabe:
Egmont vgs verlagsgesellschaft mbH, Köln 2001
Alle Rechte vorbehalten.
Umschlaggestaltung: Sens, Köln
Titelfoto: © Twentieth Century Fox Film Corporation 2000
Satz: Kalle Giese, Overath
Druck: Clausen & Bosse, Leck
Printed in Germany
ISBN 3-8025-2788-7

Besuchen Sie unsere Homepage im WWW:
http://www.vgs.de

Für das Lisa-Team, vor allem für seine furchtlose Leiterin.
Du bist die Beste, und die ganze Welt sollte sich vor dir verneigen.

Für Ellen, mit der ich mir am liebsten BUFFY ansehe.

Und für Jim, weil alles ist.

Anmerkung des Historikers:
Diese Geschichte spielt in der
dritten Jahreszeit.

1

Es war eine dunkle und sternenlose Nacht.

In der Dunkelheit, in der Stadt, die auf dem Höllenschlund thronte, rannte ein junges Mädchen um ihr Leben.

Sie hatte sich diese Nacht ganz bestimmt nicht so vorgestellt.

Ihr Name war Heidi Lindstrom. Was ein Witz war, auf den sie gut hätte verzichten können. Jeder wusste, wie ein Mädchen namens Heidi sein sollte. Süß. Unschuldig. Selbstlos. Aber niemand sollte sich einbilden, dass dies auf sie zutraf.

Heide Lindstrom war knallhart, und sie sorgte dafür, dass sie auch danach aussah. Die knochenbleich gefärbten Haare mit den dunklen Ansätzen standen senkrecht von ihrem Schädel ab. Jeans so eng wie Schlangenhaut verhüllten lange Beine, die im Moment verzweifelt versuchten, sie weiter durch die Nacht zu tragen. Eine schwarze Bomberlederjacke klatschte gegen ihren Rücken, die silbernen Nieten an den Schultern glänzten matt im Licht der Straßenlaternen. Ihre Füße steckten in schwarzen Stiefeln mit dicken Sohlen. Ideal, um jeden zu treten, der ihr in die Quere kam, jedoch zum Laufen völlig ungeeignet.

Und sie rannte jetzt schon seit sehr, sehr langer Zeit.

So lange, dass sie sich kaum noch an die Zeit erinnern konnte, als sie nicht gelaufen war. Eine Zeit, als sie sich sicher gefühlt hatte. Oder wenn schon nicht sicher, dann wenigstens als Herrin der Lage. Eine Zeit, als ihre Beine sich nicht wie Gummi und ihre Füße sich nicht wie Blei angefühlt hatten. Eine Zeit, als die Luft beim Ein- und Ausatmen nicht in ihrer Lunge gebrannt hatte.

Und lange genug, dass sie das Gefühl hatte, in einem Fiebertraum zu rennen, in dem sie sich immer wieder verzweifelt antrieb, obwohl sie in ihrem hämmernden Herzen wusste, dass sie die nötige Geschwindigkeit niemals erreichen konnte. Denn so, wie ihre Chancen standen, hätte sie ebenso gut in Zeitlupe laufen können.

Sie wandte sich nach links und hetzte mit stampfenden Beinen über den Mittelstreifen der Fahrbahn, vorbei an einem grünen Straßenschild, das stolz verkündete, dass dies die ELM STREET war. Sie wünschte, sie hätte genug Luft, um über diesen Scherz lachen zu können. Denn dies war ein Albtraum, daran bestand kein Zweifel.

Aber die Wahrheit war, dass in diesem Teil von Sunnydale alle Straßen nach Bäumen benannt worden waren: Oak. Birch. Larch. Poplar. Sycamore – Eiche. Birke. Lärche. Pappel. Ahorn. Die Häuser waren viel größer als jenes, in dem sie wohnte, mit saftigem grünen Rasen davor.

Was würde passieren, wenn ich plötzlich eine dieser perfekt gepflegten Auffahrten hinaufrennen würde?, fragte sie sich. Und verzweifelt an eine dieser perfekt lackierten Haustüren klopfte? Würde einer der perfekten Leute, die dort wohnen, herausstürzen, um ihr zu helfen?

Sie rang sich jetzt ein Lachen ab, ein erstickter Laut, der ungebeten tief aus ihrem Bauch kam.

Träum weiter.

Dieser Teil von Sunnydale mochte anders aussehen, aber in zumindest einer Hinsicht war er wie das Viertel der Stadt, aus der sie kam. Niemand würde ihr helfen. Nicht jetzt. Das war es, was Sunnydale zu dem machte, was es war. Sie hatte jetzt nur eine Möglichkeit, und sie war bereits dabei.

Rennen. Rennen. Rennen.

Sie bog nach links in die Oak Street und hielt sich jetzt auf dem Bürgersteig. Unterdrückte das Gefühl, dass sich ihre Beine in Gummibänder verwandelt hatten. Dass die Luft wie heiße Abgase in ihrer Lunge brannte.

Wie nah sind sie? Holen sie auf? Heidi riskierte einen kurzen Blick über die Schulter und hoffte gegen alle Vernunft, dass ein Wunder geschehen würde und sie bis jetzt einfach zu erschöpft gewesen war, um es zu bemerken. Vielleicht hatten sie inzwischen die Verfolgung aufgegeben. Weil sie es leid geworden waren. Oder vielleicht war es ihr endlich gelungen, sie abzuschütteln.

Ja, genau. *Das* war wahrscheinlich.

Sie waren noch immer hinter ihr, genau wie sie es geahnt hatte. Zwei Kerle. Jene, die sie zum ersten Mal in der Gasse hinter dem Bronze bemerkt hatte.

Sie trugen Hemden, die so weiß waren, dass sie praktisch in der Dunkelheit leuchteten. Khakihosen mit perfekten Bügelfalten. Slipper. *Krawatten.* An diesen Kerlen sahen die braven Schuluniformen wie Designerkleidung von Tommy Hilfiger aus. Als sie sie zum ersten Mal bemerkt hatte, hatte sich Heidi nicht beherrschen können. Sie war in Gelächter ausgebrochen.

Aber da hatte sie noch nicht ihre Augen gesehen.

Glühend. Raubtierhaft. *Gelb.* Ihre Stirn hatte komisch ausgesehen, irgendwie missgebildet. Und sie brauchten eine kieferorthopädische Behandlung. Dringend. Heidi wusste nicht, was sie waren, und sie wollte es auch nicht wissen. Sie wollte ihnen nur noch entkommen.

Erst als sie angefangen hatten, sie zu jagen, hatte sie erkannt, dass sie in Wirklichkeit zwei Dinge wollte.

Heidi Lindstrom wollte auch noch am Leben bleiben.

Sie sprintete über die Kreuzung Oak – Poplar Street. Sie wusste, dass es jetzt nicht mehr lange dauern würde. Wie sollte es auch anders sein? Inzwischen konnte sie ihre Beine nicht einmal mehr fühlen.

Warum zum Teufel holten sie sie nicht einfach ein und erledigten sie?

Warum machten sie dem Spiel nicht ein Ende? Töteten sie? Sie hätte es jedenfalls getan. Aber oh nein, nicht diese Kerle. Sie hielten sich zurück. Taktierten anders. Spielten Katz und Maus mit ihr. Es hätte sie richtig wütend gemacht, wenn sie nicht so viel Angst gehabt hätte.

Niemand legte sich mit Heidi Lindstrom an. Sondern Heidi legte sich mit ihnen an. So sollte es eigentlich sein. Aber heute Nacht war nichts so, wie es sein sollte. Heute Nacht hatte sie einen Fehler gemacht. Einen, der sie alles kosten würde.

Warum bin ich nicht einfach zu Hause geblieben?

Sie stolperte jetzt. Der untere Teil ihres Körpers verweigerte den Dienst. Schweiß tropfte von ihrer Stirn und brannte ihr in den Augen.

Wäre es wirklich so schlimm gewesen, nur dieses eine Mal zu Hause zu bleiben?

Zu Hause, wo die Wände so dünn waren, dass man alles hindurch hörte. Zu Hause, der Ort, wo es niemals am schönsten gewesen war. Ein Ort, wo jedes zornige, verletzende Wort, das jemals gesagt worden war, für immer weiterlebte. Der letzte Ort auf Erden, wo sie sein wollte.

Vor allem, wenn ihre Mutter den Fernseher einschaltete.

Sie rannte jetzt nach vorn gebeugt, beide Arme gegen ihren Bauch gepresst, erfüllt von der Erinnerung an den Lärm des Fernsehers. Mehr als alles andere war es dieser Lärm, der sie dazu gebracht hatte, aus dem Schlafzimmerfenster zu klettern und zum Bronze zu gehen.

Der einzige Ort, wo sie alles vergessen konnte, was sie war, und alles, was sie nicht war. Wo die Musik laut genug war, um die lärmenden Fernsehprogramme ihrer Mutter aus ihrem Kopf zu vertreiben. Immer derselbe Lärm, Nacht für Nacht.

Serie um Serie mit Familien, die warmherzig und mitfühlend waren. Familien mit Kids und Eltern, die natürlich auch ihre Probleme hatten, aber nicht solche, die sich nicht mit etwas Liebe und guten Worten lösen ließen. Serien, in denen die Kids früher oder später zugaben, dass die Eltern Recht hatten, immer Recht gehabt hatten. Immer Recht haben würden. Sie gestanden ihre Sünden, ihre Schuld, ihre Liebe, um dann mit offenen Armen empfangen zu werden und Absolution zu erhalten.

Die reinste Märchenwelt, dachte Heidi. Sie schnappte nach Luft, als sie in die Larch Street bog. Ihr Atem war eine weiß glühende Nadel, die ihr in die Seite stach.

Das Problem war, dass ihre Mom nie zu verstehen schien, dass diese Familien im Fernsehen nicht Wirklichkeit waren, und dass sie ebenso wenig verstand, dass selbst Märchenkinder ihre Liebe nicht ohne Gegenleistung verschenkten.

Diese Märcheneltern mussten die Liebe ihrer Kinder auf die altmodische Art gewinnen. Indem sie sich die Liebe verdienten. Eine Tatsache, die sogar die Autoren von drittklassigen Sitcoms zu kennen schienen. Die aber, trotz all der Stunden hingebungsvollen Fernsehens, nie bis in das Gehirn von Heidis Mom vorgedrungen war.

Ihre Erziehungsmethode beschränkte sich hauptsächlich darauf, Heidi all ihre Fehler vorzuwerfen. Sich darüber zu beklagen, was für eine Enttäuschung Heidi doch war. Hätte Heidi jedes Mal ein Fünfcentstück bekommen, wenn ihre Mutter sagte, dass sie nicht verstand, wieso ihre eigene Tochter nur derart missraten sein konnte, dann hätte sich Heidi schon mit neun Jahren eine Eigentumswohnung am Strand von Malibu leisten können.

An der Ecke Larch, Sycamore Street stolperte sie. Ihre keuchenden Atemzüge waren die einzigen Laute, die zu hören waren.

Die Sycamore Street war eine Durchgangsstraße und nicht ganz so fein wie die angrenzenden Straßen. Die Laternen leuchteten hier nicht so hell, vorausgesetzt, sie funktionierten überhaupt. Die Häuser hatten statt Rasen große Stücke brauner Borke in ihren Vorgärten. Zierborke nannte man das.

Es sah in den heißen südkalifornischen Sommern nicht so hübsch aus wie Rasen, aber immerhin reduzierte sich dadurch die Wasserrechnung, ein Satz, den Heidi tausendfach aus dem Mund ihrer Mutter gehört hatte. Obwohl Clara Lindstrom für Zierborke nicht das Geringste übrig hatte. Das war auch der Grund, warum sie sich einmal im Jahr vom örtlichen Gartencenter eine Ladung dieser hübsch glitzernden weißen Kieselsteine in den Vorgarten der Lindstroms kippen ließ.

Heidi richtete sich auf und sah mit brennenden Augen zum Ende der Straße, zu der einzigen funktionierenden Laterne und der dahinter liegenden Bushaltestelle. Wenn sie es bis dorthin schaffte, einem hell erleuchteten öffentlichen Ort, würde dann das Wunder geschehen? Würden die Kerle hinter ihr aufgeben und sie in Ruhe lassen?

Du kannst es schaffen, sagte sie sich. Komm schon. Komm schon.

Verzweifelt spornte sie sich zu einer letzten Höchstleistung an. Dann spürte sie, wie ihr Fuß umknickte, ihr Knöchel sich verdrehte.

Oh, Gott, dachte sie. Oh, bitte, Gott, nein.

Und dann stürzte sie wie in Zeitlupe. Langsam genug, um das zu erkennen, was sie zu Fall gebracht hatte. Ein Stück Zierborke, das unter ihrem Fuß hervorgerutscht und in den Rinnstein gefallen war. Nur ein Stück, aber es hatte genügt.

Die Zeit lief wieder schneller ab, als Heidis rechter Ellbogen mit einem Knacken laut wie ein Pistolenschuss auf dem Bürgersteig aufschlug. Sie schrie, als sengender Schmerz von ihrem Ellbogen bis in ihre Schulter schoss. Sie rollte sich auf den Rücken, während ihr rechter Arm unkontrolliert zuckte und dann zur Ruhe kam, aber in einem komischen Winkel von ihrem Körper abstand. Während sie nach Luft schnappte, wallten rote Schleier vor ihren Augen. Dann wurde ihre Sicht wieder halbwegs klar, und Heidi registrierte, dass sie keinen Schmerz mehr spürte.

Schock, dachte sie. Der einzige Lichtblick in ihrer derzeitigen Lage war, dass sie Linkshänderin war, was die Kerle hinter ihr nicht wussten. Wenn sie sie erreichten, konnte sie ihnen zumindest einen letzten

Schlag verpassen. Vorausgesetzt, dass sie in der Lage war, überhaupt etwas zu unternehmen.

Wie würde sich ihre Mutter fühlen, fragte sie sich, wenn sie erfuhr, dass ihr einziges Kind tot war? Dass Heidi nie mehr nach Hause kommen würde?

Dann hörte sie die Schritte hart besohlter Schuhe auf dem Bürgersteig. Einen Moment später beugten sich zwei gelbe Augenpaare über sie und funkelten sie an. Durch die Schleier vor ihren Augen konnte Heidi erkennen, dass sie bei ihrer ersten Begegnung drüben beim Bronze Recht gehabt hatte.

Diese Kerle waren die hässlichsten Vögel, die sie in ihrem ganzen Leben gesehen hatte. Und die Furcht erregendsten.

Aber das würde sie ihnen natürlich nicht zeigen. Lieber würde sie sterben. Was vermutlich auch passieren würde.

Sie holte keuchend Luft und räusperte sich, um ihre zugeschnürte Kehle frei zu machen. Heidi Lindstrom würde nicht wie ein Waschlappen sterben.

»Das ist mal ein schlimmer Fall von Gelbsucht.«

Der rechte Kerl stemmte die Arme in die Hüften, ganz so, wie es Heidis Mutter tat, wenn sie über irgendetwas verärgert war. Heidi biss sich hart auf die Zunge. Nichts an dieser Situation war auch nur im Mindesten komisch. Warum verspürte sie dann diesen unwiderstehlichen Drang, laut zu lachen?

Schock, dachte sie wieder. Und sah über sich die gelben Augen flackern, während tief in ihrem Bauch das Zittern begann. Kalt. Ihr war schrecklich kalt.

»Nun, das war's«, sagte einer der Kerle mit einem starken Südstaatenakzent. »Es gibt keinen Grund, unhöflich zu sein. Wir haben die Jagd auf faire, anständige Weise gewonnen. Es ist nicht unsere Schuld, dass du gestürzt bist.«

Er wandte die Augen von Heidi ab und warf dem Typ an seiner Seite einen kurzen Blick zu, als wollte er sich seiner Unterstützung versichern. »Nicht wahr, Webster?«, fuhr er fort.

»Ja, Percy«, antwortete Gelbauge prompt.

Der Ja-Sager, dachte Heidi.

»Es ist eindeutig nicht unsere Schuld«, fügte er ernst hinzu. »Ganz gewiss nicht.«

Heidi gab den Kampf auf und lachte schnaubend. Die beiden

klangen, als wären sie einem längst vergessenen Cartoon entstiegen.

»Was ist mit ihr los, Percy?«, fragte Webster besorgt und beugte sich dann nach unten, um besser sehen zu können.

Percy schüttelte den Kopf. »Ich weiß es nicht, Webster«, erwiderte er. »Ich weiß es einfach nicht. Es ist ein Rätsel, so viel steht fest.«

»Du glaubst doch nicht, dass sie etwas Ansteckendes hat, oder?«, fragte Webster. Er klang ehrlich bestürzt. Abrupt richtete er sich auf, als würde ihn dies außer Reichweite der Keime bringen.

»Webster«, sagte Percy.

»Was?«

»Gib dich nicht dümmer als du bist.«

Webster schürzte die Lippen. »Du sollst nicht so mit mir reden«, meinte er beleidigt. »Mama mag das nicht. Sie hat dir gesagt, du sollst das nicht tun.«

Heidi wollte erneut lachen, stellte aber fest, dass sie es nicht konnte. Sie schien die Kontrolle über ihren Körper verloren zu haben. Sie konnte nur nach oben schauen und die beiden Kerle anstarren, die sich über sie beugten und mit ihren weißen Hemden den Blick auf den dunklen Nachthimmel versperrten.

Da sie außer Starren nichts tun konnte, bemerkte Heidi jetzt, dass das Gelbauge zu ihrer Linken, der Typ namens Webster, eine marineblaue Krawatte trug. Percys Krawatte war dunkelbraun. Ansonsten ähnelten sie sich wie ein Ei dem anderen. Die knallharte Heidi Lindstrom war von zwei Cartoon-Zwillingspoppern aus der Hölle zur Strecke gebracht worden.

Wie peinlich.

Percy beugte sich näher zu ihr, als wollte er ihr etwas anvertrauen. »Du warst bis jetzt die Beste«, erklärte er. »Du hast mindestens zehn Blocks länger durchgehalten, als ich dachte. Das ist doppelt so lang wie unser letztes Opfer, nicht wahr, Webster?«

Die Erinnerung an die überaus spannende Jagd brachte Webster zum Strahlen.

»Du hast völlig Recht, Percy«, bestätigte er.

Heidi hatte das Gefühl, als würde sie schweben. Sie fror auch nicht mehr. Sie konnte sich nicht erinnern, warum sie solche Angst gehabt hatte. Diese Kerle würden ihr nichts tun. Sie hatten sie nur durch die halbe Stadt gejagt, um sie zu Tode zu langweilen.

Es störte sie nicht einmal, dass sich Percy neben sie kniete. Er griff nach ihrem Kopf und drehte ihn von einer Seite zur anderen.

»Sie sieht absolut perfekt aus«, bemerkte er. »So ... so ...«

Percy schienen die Worte zu fehlen. Webster nutzte diesen Moment, um eine imaginäre Glühbirne über seinem Kopf aufleuchten zu lassen.

»So ... *heruntergekommen*«, warf er hilfsbereit ein.

»Heruntergekommen!«, wiederholte Percy entzückt. »Heruntergekommen, ja. Ich denke, das trifft es.«

»Mutter wird begeistert sein«, fügte Webster hinzu. »Das ist exakt die Sorte Mädchen, vor der sie uns immer gewarnt hat.«

Oh, nun haltet aber mal die Luft an, dachte Heidi. Als hättet ihr beide schon viele Schönheitswettbewerbe gewonnen.

Wie aus großer Ferne hörte sie, wie der Bus an der Haltestelle Sycamore Street hielt, dann das Zischen und Klappern der sich öffnenden Türen. Einen Moment später hörte sie, wie sie sich wieder schlossen und der Bus davonfuhr.

Sie hatte es nicht geschafft. Würde es auch nicht schaffen. Heidis Betäubung wich, als die Angst und die Schmerzen zurückkehrten. Sie war am Ende. Aber es gab noch immer etwas, das sie tun konnte. Etwas Wichtiges. Heidi schluckte und öffnete den Mund.

»Oh, sieh doch!« Webster quiekte förmlich vor Entzücken. »Sie will etwas sagen.«

Er kniete ebenfalls nieder, sodass sein Gesicht auf gleicher Höhe mit Percys war. Heidi blickte in zwei leuchtend gelbe Augenpaare, die sie wachsam und erwartungsvoll ansahen.

Was seid ihr?, fragte sie sich.

Nicht, dass es eine Rolle spielte. Ganz gleich, was sie waren, es gab nur eins, das sie ihnen sagen wollte.

Es stimmte, dass sie dazu ein Wort benutzen musste, von dem ihre Mutter erklärt hatte, dass sie es in *ihrem* Haus niemals hören wollte. Ein Wort, das gute Mädchen niemals benutzten. Auch wenn Heidi der Überzeugung war, dass es so schlimm nicht sein konnte, weil das Wort, das sie im Sinn hatte, fast immer einen Liebhaber hatte.

Gefolgt von dem Zusatz: »dich ins Knie«.

Sie holte tief Luft. Wenn sie überhaupt die Kraft aufbrachte, etwas zu sagen, dann musste sie es schnell tun und schon beim ersten Versuch richtig machen.

»Bitte«, sagte sie stattdessen. Ihre eigene Stimme widerte sie an. Sie hatte es verdorben. Sie hatte es tatsächlich getan. Das, was sie am meisten hasste. Sie hatte nicht das »F«-, sondern das »B«-Wort benutzt.

»Bitte, tötet mich nicht.«

Percy gab ein schrilles Lachen von sich. Er klang wie ein abgestochenes Schwein.

»Hast du das gehört, Webster?«, fragte er entzückt. »Du hast uns missverstanden, Kleine.«

Webster nickte. »Völlig missverstanden«, bekräftigte er.

Dann brach auch er in Gelächter aus. Die beiden Was-immer-sie-auch-waren lehnten sich aneinander und schlugen sich vor Vergnügen gegenseitig auf die Schultern.

Vielleicht sollte ich einen anderen Versuch machen, solange sie mit ihrem Lachanfall beschäftigt sind, dachte Heidi. Das einzige Problem bei diesem Plan war, dass sie dazu aufstehen musste.

»Wir werden dich nicht töten, Schätzchen«, erklärte Percy, als er sich wieder beruhigt hatte. Er wischte sich die tränenden Augen mit seiner braunen Krawatte ab.

»Tu das nicht«, sagte Webster. »Das ist widerlich.«

»Wenigstens jetzt noch nicht«, fuhr Percy fort, seinen Bruder ignorierend. »Es gibt etwas sehr Wichtiges, das wir vorher tun müssen.«

»Oh ja, etwas sehr Wichtiges«, bestätigte Webster ernst. »Sie will wissen, was es ist, ich seh's ihr an. Willst du nicht wissen, was es ist, Süße?«

Beide grinsten und entblößten ihre abscheulichen Zähne. Reißzähne. Was auch immer.

»Wir werden dich nach Hause zu Mutter bringen«, sagten sie im Chor.

Percy legte den Kopf zur Seite. »Natürlich bedeutet die Tatsache, dass wir dich jetzt noch nicht töten können, nicht unbedingt, dass dir die Sache Spaß machen wird.«

»Oh, Mann. Ich liebe diesen Teil«, sagte Webster.

Percy griff nach unten und packte Heidis rechten Arm. Sie schrie wieder auf. Schmerz durchzuckte sie, heiß und schnell wie ein Blitz. Dann, wie ein Blitz, war es vorbei. Die Welt wurde schwarz.

Sie erwachte in einer Welt aus blendendem Weiß und stellte fest, dass sie auf dem Bauch lag. Ihre Wange drückte gegen etwas Kaltes, Glattes,

Weißes. Ihr linker Arm war unter ihrem Körper eingeklemmt. Die Fläche, auf der sie lag, sah genauso wie der Marmorboden aus, den Heidi einmal bei einem Schulausflug in einem Kunstmuseum gesehen hatte.

Der Schmerz in Heidis rechtem Arm war so stark, dass er über ihren ganzen Körper ausstrahlte. Das waren schlechte Neuigkeiten. Die gute Neuigkeit war, dass ihr Kopf klarer war und dass sie Webster und Percy nicht sehen konnte.

Langsam, vorsichtig stützte sich Heidi auf ihren linken Arm. Wenn sie auf die Beine kommen konnte, würde sie vielleicht feststellen können, wo zum Teufel sie war, und dann von hier verschwinden.

»Oh, gut, du bist wach, meine Liebe«, sagte eine Stimme hinter ihr. Heidi fuhr zusammen. Ihr Arm rutschte ab, und ihr Kopf landete wieder auf dem Marmorboden. Ein sengender Schmerz durchzuckte sie und ließ sie die Augen schließen.

Als sie die Augen wieder öffnete, beugte sich eine Frau über sie.

Auf ihrem Kopf saß der breitkrempigste Strohhut, den Heidi je gesehen hatte. Um den Hut war ein hauchfeiner rosa Schal gebunden, dessen Enden hinter den breiten Schultern der Frau verschwanden.

Das Kleid, das sie trug, war ebenfalls rosa. Leuchtend rosa. Mit Blumen. Heidi konnte nicht sagen, um was für eine Sorte es sich handelte, aber sie waren sehr, sehr groß. In Brusthöhe prangte eine riesige Rheinkieselbrosche. So riesig, dass Heidi in dem Mittelstein ihr Spiegelbild sehen konnte.

Dies musste Big Mama sein, die Frau, zu der die beiden Zwillingshohlköpfe Heidi bringen wollten. Und diese Jungs hatten den Nerv, *sie* als heruntergekommen zu bezeichnen.

»Ich bin so froh, dass du zu uns kommen konntest, meine Liebe«, sagte Big Mama.

Schön für dich, dachte Heidi. So hat wenigstens einer von uns was davon.

Big Mama hatte denselben Akzent wie Webster und Percy. Ganz so, als wäre sie eine *Vom Winde verweht*-Komparsin. Aber zumindest sah ihr Gesicht verhältnismäßig normal aus. Ihre Augen waren nicht gelb. Und ihre Zähne schienen alle in ihren Mund zu passen, wenn sie ihn schloss.

»Ich hoffe, meine Jungs waren nicht zu grob zu dir«, sagte Big Mama. »Sie können manchmal ein wenig ungestüm sein. Nun ja,

Jungs sind nun einmal Jungs, nicht wahr? Ich bin sicher, dass du das verstehst.«

Heidi verstand nur, dass Big Mama eindeutig durch die Feminismusprüfung gerasselt war. Sie befeuchtete ihre rissigen Lippen, versuchte zu sprechen und stellte fest, dass sie dazu in der Lage war.

»Sie haben mir den Arm gebrochen«, krächzte sie.

»Haben wir nicht«, widersprach sofort eine Stimme hinter Heidis rechter Schulter. Heidi vermutete, dass es Percy war. Er war fast immer der Erste, der etwas sagte. Offenbar hielten sich die beiden Zwillingshohlköpfe im Hintergrund.

»Sie ist gestürzt, Mama. Wir waren nicht einmal in der Nähe, als es passierte, nicht wahr, Webster?«, fuhr die Stimme fort.

»Nein, das waren wir nicht«, bestätigte Webster die Aussage seines Bruders. »Wir haben sie auf faire, anständige Weise gefangen. Ich schwöre es, Mama.«

»Also, Jungs«, schalt ihre Mutter sie. »Ihr wisst, dass es unhöflich ist, einem Gast zu widersprechen.«

Heidi hörte hinter sich einen seltsamen Laut. Es klang ganz so, als würden Percy und Webster mit den Füßen scharren.

»Na, na«, flötete Big Mama beruhigend. Sie richtete sich auf. Im Stehen sah sie wie ein großer rosa Turm aus. »Mama weiß, dass ihr gute Jungs seid. Es spielt keine Rolle, wie ihr sie gefangen habt. Wichtig ist nur, dass ihr meine Anweisung befolgt und etwas zu Essen nach Hause gebracht habt. Ihr wisst doch, dass ich mich ständig frage, was ihr wohl als Nächstes in den Mund steckt.«

Heidi spürte, wie ihr kalter Schweiß auf die Stirn trat. Essen? Das klang definitiv nicht gut. Überhaupt nicht. Es klang sogar ganz danach, als wollten sie sie ... Heidi führte den Gedanken nicht zu Ende. Sie wollte absolut nicht daran denken, was es bedeuten konnte. Sie hatte Angst, dass sie sonst anfangen würde zu schreien, ohne damit aufhören zu können.

»Hilf dem Mädchen hoch, Webster«, befahl Big Mama. »Ich will sie mir genauer ansehen. Oh nein, meine Liebe«, fügte sie hinzu, als Heidi verzweifelt zurückzuweichen versuchte. »Es ist alles in Ordnung. Er wird dir nicht wehtun. Nicht, solange ich es ihm nicht sage. In diesem Haus geschieht nichts ohne meine Erlaubnis.«

»Wow, danke«, keuchte Heidi. »Plötzlich fühle ich mich viel besser.«

Big Mama warf ihren Kopf zurück und gab ein Lachen von sich, das wie das Kratzen von Fingernägeln auf einer Schiefertafel klang.

»Was für ein mutiges junges Ding«, bemerkte sie. »Du zeigst Rückgrat. Aber ein Rückgrat kann gebrochen werden, weißt du, meine Liebe. Das passiert jeden Tag. Um genau zu sein, ich bin dafür bekannt, selbst eine ganze Reihe gebrochen zu haben.«

Ohne Vorwarnung verzerrte sich ihr Gesicht, verwandelte sich in eine noch grausigere Fratze als die ihrer Söhne. Ihre Stirn faltete sich zusammen, bis sie nur noch eine Reihe tiefer Furchen war. Ihre Augen wurden wolfsgelb.

»Ich sagte, hilf ihr hoch, Webster. Du weißt, wie sehr ich es hasse, warten zu müssen. Es ist nicht nett, deine Mama zu enttäuschen.«

Heidi spürte, wie sie am linken Arm gepackt und auf die Beine gezogen wurde. Sie schwankte, und der Griff um ihren Arm verstärkte sich und bewahrte sie vor einem Sturz.

»Hier ist sie, Mama.«

Kaum hatte Webster das gesagt, entspannte sich Big Mamas Gesicht. Die Haut auf ihrer Stirn glättete sich. Ihre Augen nahmen wieder ihre normale fahlblaue Farbe an.

Heidi musste sich anstrengen, um das Zittern ihrer Knie zu unterdrücken. Ich weiß, was ihr seid, dachte sie. Ihr seid Monster.

Die Art, von der ihre Mutter behauptet hatte, dass sie nicht existierte, obwohl Heidi immer davon überzeugt gewesen war, dass es sie doch gab.

Sieht so aus, als hätte ich in diesem Punkt Recht gehabt, Mama.

Und weil sie Recht hatte, wusste Heide, dass dies nur auf eine Weise enden konnte. Auf eine Weise, die sie die ganze Zeit geahnt hatte.

Sie würde sterben.

Sie hoffte, dass es schnell geschehen würde. Und dass sie tot sein würde, bevor sie das taten, was in Heidis Ohren wie die Einnahme eines Mitternachtssnacks klang. Von allen Freaks in Sunnydale war sie ausgerechnet denen über den Weg gelaufen, die enge persönliche Freunde von Hannibal Lecter waren.

Heidi stand reglos da, während Big Mama sie wie ein Haifisch umkreiste und dabei mit den Stöckelschuhen auf den kalten weißen Marmor klapperte.

»Schrecklich«, murmelte Mama, während sie Heidis Jeans und Lederjacke begutachtete. »Absolut entsetzlich. Ihr habt eine gute Wahl getroffen, Jungs. Die hier ist wirklich nur für eins geeignet.« Sie trat näher. Webster ließ Heidi los und wich zurück. Heidi spürte, wie ihre Knie nachgaben.

»Komm mit mir, meine Liebe«, sagte Big Mama und hakte sich bei Heidi ein, bevor diese umfallen konnte. Heidi zuckte zusammen. Big Mama mochte ja wie ein Marshmellow in einem rosa Zelt mit Blümchenmuster aussehen, aber sie hatte einen Griff wie eine Stahlklammer.

»Ich möchte dir etwas zeigen.«

Big Mama drehte sie herum und zog sie durch den Raum. Heidi stellte zufrieden fest, dass ihre Schuhe dabei hässliche dunkle Streifen auf dem sauberen weißen Boden hinterließen.

»Das sind die Vorfahren meiner Jungs«, erklärte Big Mama und deutete auf die Wand, an der eine Reihe von Gemälden hingen. Porträts.

Deshalb hat mich dieser Ort an ein Kunstmuseum erinnert, erkannte Heidi. Weil es eine Gemäldegalerie ist.

Jedes Bild wurde von zwei altmodischen Messingleuchten erhellt, von denen eine oben und die andere unten angebracht war. Sie gaben den Porträts ein fremdartiges, unirdisches Aussehen. Als würden ihre Augen einem folgen, wenn man sich durchs Zimmer bewegte. Sie erinnerten Heidi an etwas. An was noch gleich?

Streng aussehende Männer in Überziehern und glänzenden schwarzen Stiefeln standen neben müde dreinblickenden Frauen in langen Kleidern und drapierten Schals. Ernste Kinder mit langen Locken trugen weiße Rüschenhemden und Schnürstiefel, sodass Heidi nicht erkennen konnte, ob es Mädchen oder Jungen waren.

»Meine Jungs entstammen einem stolzen Geschlecht, einer langen Linie wahrer Ladys und Gentlemen«, fuhr Big Mama fort. »Dieser Mann dort drüben« – sie zeigte auf das Porträt eines Mannes, der neben einem großen schwarzen Pferd stand – »war einer der Gründerväter des Commonwealth of Virginia. Und das ...«

Sie zerrte Heidi vor das größte Porträt in der gesamten Galerie, ein Mann in der grauen Uniform eines konföderierten Offiziers.

»Das ist der Vater meiner Jungs«, sagte Big Mama, und der Stolz in ihrer Stimme ließ sie tatsächlich warm klingen. »Jungs«, flötete sie, »kommt her und stellt euch neben das Porträt eures Vaters.«

Webster und Percy gehorchten und stellten sich rechts und links neben das Bildnis ihres Vaters. Sie sahen wie junge Hunde aus, die unbedingt gefallen wollten. Junge Mutantenhunde, die nur darauf warten, mich zu fressen. Heidi spürte, wie sich ihr der Magen umdrehte.

»Mein Gatte war der großartigste Mann, der je gelebt hat«, sagte Big Mama. »Und ich habe meine Jungs nach seinem Vorbild zu wahren Gentlemen erzogen. Als es meinen Gatten auf tragische Weise in der Blüte seiner Jahre dahinraffte, kannte ich meine Pflicht: meine Babys zu beschützen. Immer bei ihnen zu sein.«

Heidi spürte Big Mamas Blick auf sich ruhen. Die Mutter der beiden Prachtkerle erwartete offenbar, dass sie etwas sagte. Heidi holte tief Luft und bedachte ihre Optionen.

Ihr rechter Arm war gebrochen. Ihr linker Arm war in Mamas festem Griff. Überall um sie herum waren Monster. Heidi wusste, dass sie diesen Ort niemals lebend verlassen würde. Aber bedeutete dies, dass sie hilflos war? Bedeutete dies, dass sie wohlerzogen in den Tod gehen musste?

Sie war anderer Meinung. Vor allem, da ihr jetzt dämmerte, woran all diese Gemälde sie erinnerten.

»Ich wette, dass diese Porträts wie die in dem Gespensterhaus in Disneyland sind, nicht wahr?«

Big Mamas Gesicht wurde völlig ausdruckslos, aber sie war durch und durch eine Lady. Und eine Lady vergaß nie ihre Manieren.

»Wie bitte?«

Heidi grinste. Es fühlte sich gut an, mit einem Knall abzutreten, dachte sie. Auch wenn es nur ein leiser war.

»Sie wissen schon – auf den ersten Blick sehen sie normal aus, aber dann dehnen und verzerren sie sich, bis man erkennt, dass sie von Grund auf abscheulich sind. Ich wette, diese Gemälde sind genauso. Oberflächlich gut aussehend, darunter aber krank.«

Heidi nickte Big Mamas geliebtem verschiedenen Gemahl zu. »Vor allem der da. Ihre heiß geliebten Jungs sind genauso. Schon im ersten Moment, als ich sie sah, wusste ich, dass sie Freaks sind.«

Big Mama warf ihren Kopf zurück und heulte. Ihr Griff um Heidis Arm verstärkte sich, bis Heidi Sterne sah. Als ihre Sicht wieder klar wurde, wusste sie, dass sie ihrem Tod ins Gesicht blickte. Geradewegs in die Augen des Monsters.

»Du garstiges, ungezogenes, unverschämtes Ding«, zischte Big Mama durch ihre langen, spitzen Zähne, während ihre Augen wild und gelb leuchteten. »Du bist die Einzige hier, die abscheulich ist. Du bist nur dazu geeignet, totes Fleisch zu werden.«

Mit einem brutalen Ruck riss sie Heidis Kopf zur Seite und grub ihre Zähne in die Drosselvene.

Heidi blieb nur noch Zeit für einen einzigen Gedanken. Das kann nicht wahr sein. Das kann nicht passieren. In Horrorfilmen, ja. Aber nicht im wirklichen Leben.

Dann konnte sie nicht mehr denken. Sie verlor die Kontrolle über ihren Körper, der zuckte und sich verkrampfte. Big Mama brüllte wieder und hob ihr blutverschmiertes Gesicht. Dann riss sie Heidi herum und stieß sie in Richtung ihrer Söhne.

»Nehmt sie«, hörte Heidi Big Mama keuchen.

Und dann fielen Webster und Percy über sie her.

Sie bohrten ihre Zähne in die Seiten ihres Halses. Heidi bewegte sich jetzt nicht mehr. Sie war nicht mehr dazu in der Lage. Sie konnte nur wie gelähmt dastehen, während ihr Mund sich hilflos öffnete und schloss, die Augen starr auf das Porträt des Vaters gerichtet, als Webster und Percy sie tranken.

Nachdem sie mit ihr fertig waren, blieb sie noch für einen letzten Moment stehen. Nachdem sie ihre Köpfe gehoben und sie losgelassen hatten. Nachdem sie zurückgetreten waren, um sich wieder neben das Porträt ihres geliebten verstorbenen Vaters zu stellen.

Durch die Schleier vor ihren Augen sah Heidi, wie Big Mama zwischen ihre Söhne trat und ihre Arme um sie legte. Sie drückten ihre Köpfe an den üppigen, blümchengemusterten, rosa Busen ihrer Mutter. Heidis Lebensblut verschmierte ihre Münder. Heidi hätte schwören können, dass das Porträt über ihren Köpfen auf sie herablächelte.

»Meine guten Jungs«, hörte Heidi Big Mama flöten. Heidis Beine gaben nach, konnten ihr Gewicht nicht länger tragen. »Ihr wart so ordentlich. Habt nicht einen Tropfen verschüttet. Eure Mutter ist mächtig stolz auf euch.«

Heidi spürte, wie sie fiel. Sie sah den Marmorboden auf sich zukommen. Ihr Kopf schlug auf, aber zu diesem Zeitpunkt spielte es schon keine Rolle mehr. Denn zu diesem Zeitpunkt war bereits alles vorbei.

Als ihr Kopf auf dem kalten, weißen Stein aufschlug, spürte Heidi Lindstrom nichts mehr. Sah nichts. Hörte nichts.

War nichts.

Und so hörte sie auch nicht den einzigen Gedenkspruch, den sie je erhalten würde.

»Schafft diesen abscheulichen Haufen Müll hier raus«, befahl Big Mama.

2

Die Tiere waren hungrig, und Buffy Summers hatte einen großen Fehler gemacht. Sie war genau zur Fütterungszeit gekommen.

In ihrem Job als die Auserwählte, als die Jägerin, hatte Buffy in ihrem jungen Leben schon eine Menge entsetzlicher Dinge gesehen. Aber das hier war so schlimm, dass sich sogar der eiserne Magen der Jägerin umdrehte.

Zungen zuckten heraus. Mäuler öffneten sich. Speichel tropfte. Zähne teilten sich und schnappten zu. Hart. Zähe rote Flüssigkeit spritzte hervor. Und es gab absolut nichts, was Buffy dagegen tun konnte. Sie war vollkommen hilflos. Machtlos angesichts des abscheulichsten Bildes, das sie je gesehen hatte.

Wenigstens tagsüber.

Es war Mittagszeit im Imbissbereich des Sunnydaler Einkaufszentrums.

»Hungrig, Schätzchen?«, fragte Joyce Summers, als sie sich zu ihrer Tochter setzte. Buffy verfolgte mit krankhafter Faszination, wie der Kerl am Nachbartisch eine Portion Fritten verspeiste. Er tunkte eine Hand voll in einen Plastikbecher, der mindestens eine halbe Flasche Ketchup enthalten musste und hielt sie dann hoch. Über seinen Kopf.

Er legte den Kopf zurück, wartete, bis ein dicker Tropfen Ketchup auf seiner Zunge gelandet war und stopfte dann die Fritten in etwas, das für Buffy wie ein klaffendes Maul aussah. Er kaute, während aus seinen Mundwinkeln Ketchup quoll, wischte sich dann mit dem Handrücken übers Gesicht und griff nach der zweiten Hand voll.

Buffy wandte den Blick ab. Sollte man sie ruhig einen Waschlappen nennen, diesen Anblick konnte sie jedenfalls keine Sekunde länger ertragen.

»Ich glaube, ich habe keinen Hunger, Mom.«

Joyce Summers zuckte die Schultern. »Okay«, sagte sie zustimmend. »Wenn du meinst. Aber ich dachte, deswegen wärst du hergekommen.«

Das dachte ich auch, gab Buffy im Stillen zu, während sie aus den Augenwinkeln sah, wie eine einzelne Fritte auf den Tisch fiel. Was war das bloß mit den Jungs und dem Essen?, fragte sie sich. Wenn man bedachte, wie wichtig es für sie war, hatten sie viel zu viele manuelle Probleme damit.

Buffy nahm ihre Mutter am Arm und zog sie aus dem Imbissbereich in die Haupthalle des Einkaufszentrums.

»Ich schätze, ich habe meine Meinung geändert.«

»Nun«, sagte Joyce nach einem Moment. Dann hellte sich ihr Gesicht auf. Buffy glaubte zu wissen, was als Nächstes kommen würde. »Es heißt, dass dies das Vorrecht der Frauen ist.«

Buffy tätschelte den Arm ihrer Mutter. »Netter Versuch, Mom. Aber wir befinden uns mittlerweile im 21. Jahrhundert.«

Es war Samstagnachmittag, nicht die Zeit, in der die Welt erwartete, dass Teenager mit ihren Müttern einkaufen gingen. Aber als Joyce Buffy gefragt hatte, ob sie Lust hatte, ein paar Besorgungen mit ihr zu erledigen – sofern sie keine andere Pläne hatte –, da hatte Buffy den Mund geöffnet und sie beide überrascht, indem sie das Gegenteil von Nein sagte.

Die Wahrheit war, dass es in letzter Zeit im Summers-Haushalt besonders harmonisch zuging. Wenn auch nicht so harmonisch, dass Buffy befürchten musste, ihre Mutter würde sich nach passenden Mutter-Tochter-Kleidern umsehen oder sie zu einem Ikebanakurs mitschleppen. Es gab schließlich Grenzen.

Aber zu Hause ging es, nun, irgendwie friedlich zu. Es war ein angenehmer Frieden – man war entspannt und akzeptierte sich gegenseitig – und nicht die Sorte Frieden, die sich später als Ruhe vor dem Sturm entpuppte.

Nach Buffys Vermutung hing dies damit zusammen, dass sie in den letzten Tagen nicht als Jägerin aktiv gewesen war. Mit dem Ergebnis, dass die Scooby Gang eine Pause eingelegt hatte. Sie verbrachten noch immer Zeit miteinander, sicher, aber jeder von ihnen war auch mehr seiner eigenen Wege gegangen als sonst.

Da Buffy ihre Zeit schwerlich zusammen mit Angel verbringen konnte, zumindest nicht auf die Art, die ihr vorschwebte, war sie häufig zu Hause geblieben. Am letzten Wochenende hatten sie und ihre Mom sogar Kekse gebacken und sich zusammen einen Film angesehen. An diesem Wochenende machten sie einen Bummel durch das Einkaufszentrum.

Auf Wiedersehen, Sunnydale. Hallo, Freudenstadt, dachte Buffy, als sie Joyce durch einen kurzen Seitenkorridor des Einkaufszentrums folgte. Wenn das so weiterging und Buffy nicht aufpasste, würde sie noch den Arzt aufsuchen müssen, um sich etwas gegen das »Glückliche Tage«-Syndrom verschreiben zu lassen.

Doch wenn sie ehrlich zu sich selbst war, musste sie zugeben, dass ihr das Zusammensein mit ihrer Mom gefiel. Schließlich war ihnen nie so viel Zeit miteinander vergönnt gewesen, dass Buffy es als Selbstverständlichkeit betrachten konnte. Vor allem, da Jägerinnen manchmal nicht allzu lange lebten.

Wie aufs Stichwort hin schlugen Buffys Jägersinne an. Ihre Nackenhärchen richteten sich auf und ihr lief ein kalter Schauder über den Rücken.

»Ich will nur kurz hier reinschauen, dann sind wir fertig«, sagte Joyce, die Buffys plötzliche Unruhe nicht bemerkte. »Ich brauche noch ein paar Sachen für mein Fotoalbum.«

Erst jetzt fiel Buffy auf, wo sie waren. Sie standen vor einem Kartenladen.

Wow, dachte Buffy, während ihre Jägersinne sie noch immer vor einer potenziell feindlichen Präsenz warnten. Eine ziemlich starke Reaktion auf einen Haufen zuckersüßer Grußkarten.

Obwohl natürlich die Möglichkeit bestand, dass Buffys Reaktion tatsächlich etwas mit der Albumleidenschaft ihrer Mom zu tun hatte. In der letzten Woche hatte Joyce jede freie Minute damit verbracht, ein Fotoalbum über Buffy zusammenzustellen. Sie behauptete, dass es als Retrospektive gedacht war, um Buffys viele Erfolge zu feiern und die Kluft zwischen Kindheit und Erwachsensein zu überbrücken.

Buffy gefiel der Gedanke. Er gefiel ihr wirklich. Es gab nur zwei winzig kleine Probleme. Das erste war, dass die meisten ihrer wirklich großen Erfolge nie auf Film gebannt werden konnten. Das zweite war, dass – angesichts der durchschnittlichen Lebensspanne einer Jägerin – das Projekt ihrer Mom höchstwahrscheinlich als eine Art Buffy-Summers-Gedenkalbum enden würde.

»Geh ruhig, Mom«, sagte sie jetzt, während sie sich – auf hoffentlich nicht allzu auffällige Weise – umschaute, um festzustellen, was wirklich für ihre Reaktion verantwortlich war. »Ich bleibe hier draußen und mache das, was Teenager meistens machen. Herumlungern, meine ich.«

Joyce runzelte die Stirn. »Ist irgendetwas nicht in Ordnung, Buffy?«

»Nein, nein«, beteuerte Buffy und schenkte Joyce ihr strahlendstes Lächeln. Ihr imaginärer Jägersuchscheinwerfer richtete sich währenddessen auf eine Gestalt, die ein paar Geschäfte weiter in ein Schaufenster starrte. Erwischt, dachte Buffy. Niemand, der so viel Leder trug, konnte ernsthaft an Puppen interessiert sein.

Oh ja. Hier ging eindeutig irgendetwas vor.

Buffy glaubte nicht, dass Vampire dahinter steckten. Schließlich war es Mittag. Aber Vamps waren nicht die einzigen Monster, die in Sunnydale ihr Unwesen trieben, eine Tatsache, der sich Buffy als Jägerin nur zu deutlich bewusst war.

»Du kannst ruhig reingehen, Mom, ehrlich«, drängte sie. »Es macht mir nichts aus, hier zu warten. Außerdem habe ich keine Lust, in den Laden zu gehen. Mir ist hier draußen schon warm genug.«

»Nun, in Ordnung«, stimmte Joyce widerstrebend zu. »Wenn du es sagst. Es dauert nur eine Minute, Schätzchen. Nebenbei«, fuhr sie fort und senkte ihre Stimme zu einem Flüstern, »dieses Mädchen dort drüben – das so unpassend gekleidet ist – folgt uns schon, seit wir den Imbiss verlassen haben.«

Beeindruckt tätschelte Buffy erneut den Arm ihrer Mutter, diesmal zustimmend. »Dein Spürsinn funktioniert hervorragend, Mom. Aber kein Grund zur Aufregung. Die Lage ist unter Kontrolle. Geh jetzt.«

Ihre Mutter zögerte einen weiteren Moment und musterte ihre Tochter. Buffy konnte ihre Gedanken fast hören. Sie spürte Joyces Unwillen, ihre einzige Tochter allein zu lassen, wenn möglicherweise Gefahr drohte – ihren Wunsch, bei ihr zu bleiben und sie um jeden Preis zu beschützen.

Sie wusste auch genau, in welchem Moment ihre Mutter ihre Meinung änderte.

Joyces Lippen verzogen sich zu einem trockenen Lächeln mit nach unten gerichteten Mundwinkeln. Und was glaubst du eigentlich, was du im Ernstfall tun kannst?, schien diese Mimik zu sagen. Du bist schließlich nur die Mutter der Jägerin.

Sie öffnete den Mund und schloss ihn dann wieder. Buffy spürte einen leichten Stich im Herzen. Und beantwortete die Frage, die ihre Mutter bewusst nicht gestellt hatte.

»Ich verspreche dir, dass ich vorsichtig sein werde, Mom.«

Die Winkel von Joyces Mund gingen ein wenig nach oben. Dann wandte sie sich ab und betrat den Laden. Buffy wartete, bis ihre Mutter hinter einem Regal Keksdosen mit Teddybären darauf verschwunden war, und rannte dann zum anderen Ende des Gangs.

Dort hinten mussten die Toiletten liegen, wenn sie sich den Plan des Einkaufszentrums richtig eingeprägt hatte, und sie war ziemlich sicher, dass ihre Geografiekenntnisse sie nicht täuschten. Schließlich war das Einkaufszentrum der einzige Ort, wo sie ihre begrenzten geografischen Kenntnisse anwenden konnte.

Sie bog um die Ecke, stellte erleichtert fest, dass der kurze Gang vor den Toiletten leer war, und warf einen schnellen Blick nach oben. An der Decke hing eine riesige Lampe. Das Einkaufszentrum war vor kurzem umgebaut worden, nach diesem unglücklichen Zwischenfall mit einem Raketenwerfer. Dabei hatte man auch alle Beleuchtungskörper erneuert. Das hier war eine Art Kronleuchter.

Perfekt, dachte Buffy. Ohne zu zögern ging sie in die Knie und sprang. Sie packte den Leuchter, hielt sich fest und zog die Beine hoch. Im nächsten Moment kam eine Gestalt in schwarzem Leder um die Ecke gelaufen und blieb abrupt stehen. Sie warf einen Blick über die Schulter, steuerte direkt die Damentoilette an und stieß die Tür auf.

Buffy spürte, wie sich ihre Bizepsmuskeln langsam verkrampften, während sie bis hundert zählte. So lange dauerte es, bis das andere Mädchen wieder durch die Tür stürmte. Sie blieb stehen und starrte die Tür der Herrentoilette an. Buffy hielt sich weiter am Kronleuchter fest.

Sie wartete, bis das Mädchen sich tatsächlich entschloss, das innere Heiligtum zu betreten, und einen Schritt auf die Tür zu machte. Dann ließ sie sich zu Boden fallen. Wenn dieses Mädchen so versessen auf Buffy war, dass sie sogar bereit war, das Herrenklo nach ihr abzusuchen, dann war es eindeutig Zeit, den Grund dafür zu erfahren.

»Suchst du jemand?«, fragte die Jägerin.

Das Mädchen wirbelte herum und ging in Kampfstellung. Buffy nahm sofort eine Verteidigungshaltung ein und stemmte die Absätze gegen den Boden. Spannungsgeladene Stille folgte, während die

Mädchen sich gegenseitig taxierten. Buffy nahm das Bild ihres Gegenübers in sich auf.

Die Kleidung des Mädchens vor ihr hatte definitiv etwas Einschüchterndes an sich. Sie trug genug Leder, um sich einen Spitzenplatz auf der Hitliste der Liga für die ethische Behandlung von Tieren zu sichern. Am ihrem rechten Nasenflügel glänzte ein silberner Stecker. Ein anderer ragte aus der Mitte ihrer Unterlippe.

An fast allen Fingern prangten schwere Silberringe. Wer brauchte noch einen Totschläger, wenn man derartige modische Accessoires tragen konnte? Die einzigen Körperteile, die sie nicht mit Metall geschmückt oder gepierct hatte, waren ihre Ohren, was Buffy irgendwie überraschte.

Die andere Überraschung war, dass Buffy nach der gründlichen Musterung dämmerte, dass sie sie kannte.

Sie hieß Suz Tompkins und ging zur selben Schule wie Buffy. Suz gehörte zur härtesten Clique an der Sunnydale High. Um genau zu sein, ungefähr die Hälfte von Suz' Freunden hatten sich entschlossen, auf die Teilnahme am Unterricht zu verzichten. Sie ließen sich nur auf dem Campus blicken, um herumzulungern und andere Schüler zu erschrecken.

Dass Suz Tompkins an einem Samstag im Sunnydaler Einkaufszentrum aufkreuzte, war seltsam, um es vorsichtig auszudrücken. In etwa so wahrscheinlich, wie ... Buffy Summers mit ihrer Mom anzutreffen.

Buffy richtete sich auf. »Du hast deine Ohren nicht gepierct, Suz.«

Suz Tompkins richtete sich ebenfalls auf. Sie schenkte Buffy ein verschlagenes Lächeln.

»Ich überlege, ob ich mir nicht die Ohrläppchen dehnen lassen soll«, antwortete sie.

»Ein gutes altes Stammesritual«, meinte Buffy. Sie legte den Kopf zur Seite, als würde sie nachdenken. »Aber ich weiß nicht. Das könnte sich im Nahkampf als Nachteil erweisen. Der Gegner könnte sich daran festkrallen.«

»Guter Einwand«, räumte Suz ein. »Ich werde daran denken.« Sie musterte Buffy für einen Moment. »Ich habe gehört, dass du eine gute Kämpferin bist«, fuhr sie fort.

An ihrem bewusst neutral gehaltenen Tonfall erkannte Buffy, dass sie soeben eine Teilantwort auf die Frage bekommen hatte, warum Suz Tompkins sich solche Mühe gemacht hatte, sie zu finden. Unklar war nur, ob sie Buffy um Hilfe bitten oder sich mit ihr anlegen wollte. Vielleicht litt sie unter der Sunnydale-Version des Duell-Syndroms. Vielleicht wollte sie nur ihre Kräfte mit ihr messen, so wie andere es vor ihr schon versucht hatten.

Buffy wusste, dass sie als Jägerin der anderen überlegen war, dennoch spürte sie, wie ihr ein eisiger Schauder über den Rücken lief. Trotz ihres kaltschnäuzigen Tonfalls verhielt sich Suz nicht wie jemand, der zum Kampf herausfordern wollte. Es war ihre ganz normale Art.

Aber wenn Suz Buffys Hilfe wollte, musste die Lage ernst sein. Buffy konnte sich nicht vorstellen, warum sich jemand mit Suz Tompkins anlegen wollte. Jeder, der noch halbwegs bei Verstand war, würde sich davor hüten.

Bevor Buffy fragen konnte, was los war, schwang die Tür der Herrentoilette auf und traf Suz Tompkins im Kreuz. Suz drehte sich halb, sodass sie sehen konnte, wer herauskam, ohne Buffy dabei aus den Augen zu lassen. Buffy fiel auf, dass das andere Mädchen stets darauf bedacht war, die Wand im Rücken zu haben. Suz Tompkins ging kein Risiko ein, nicht einmal mitten am Tag im Sunnydaler Einkaufszentrum.

Und wenn das nicht aufschlussreich war, was dann?

»Was gibt's da zu glotzen?«, schnarrte Suz.

Der Junge, der aus der Toilette gekommen war, sah wie das weiße Kaninchen aus *Alice im Wunderland* aus. Sein Adamsapfel tanzte auf und ab, als er schluckte. Und der Anblick von Suz Tompkins ließ ihn mehr als nur einmal schlucken.

»N-nichts«, stotterte er, als er sich an ihr und Buffy vorbeidrängte. Er huschte zum Ende des Korridors und verschwand um die Ecke. Buffy konnte förmlich sehen, wie sein kleiner weißer Schwanz in dem Kaninchenloch verschwand.

»Du kannst wirklich toll mit Menschen umgehen«, bemerkte sie.

»Eine Gabe«, sagte Suz Tompkins knapp. »Hör zu, Buffy, ich ... es tut mir Leid, dass ich dir hinterhergeschlichen bin, aber ich muss dringend mit dir über etwas reden.«

»Ich bin ganz Ohr«, versicherte Buffy.

Aber Suz Tompkins schüttelte bereits den Kopf. »Nicht hier. In diesem Gedränge wird mir übel.«

»Wo dann?«, fragte Buffy. »Und wann?«

»Heute Abend«, antwortete Suz Tompkins. »Wir treffen uns im Bronze.«

3

»Kannst du mir verraten, warum wir eigentlich hier sind?«, schrie Willow.

Es war Samstagabend kurz vor neun Uhr, und im Bronze wurde es langsam voll.

Auf der Tanzfläche drehten sich die Körper wild zur Musik von den Dingoes Ate My Baby. Da der Lärmpegel hoch genug war, um jede Unterhaltung zu einem aussichtslosen Unterfangen zu verurteilen, hatte Willow den Großteil des Abends damit verbracht, Oz anzuhimmeln. Und Xander ließ die Tür keinen Moment aus den Augen. Er wartete auf Cordelia, und das trotz des Umstands, dass ihre Ankunft ihn wahrscheinlich nur unglücklich machen würde.

Es war eine ganz normale Samstagnacht in Sunnydale.

Buffy hatte sich die Zeit damit vertrieben, sich nach besten Kräften einzureden, dass sie ihren Platz an einem der Tische mit den hohen Hockern nur deshalb gewählt hatte, weil Suz Tompkins sie so leichter entdecken konnte – es hatte nichts damit zu tun, dass sie hoffte, Angel zu entdecken. Und im Übrigen versuchte sie, nicht näher darüber nachzudenken, was zwischen ihr und ihrer Mutter ablief.

Joyce hatte Buffys Erklärung, dass das Mädchen in dem schwarzen Leder eine Mitschülerin war, die in Schwierigkeiten steckte, ohne Kommentar akzeptiert. Es war fast so, als hätte sie sich beim Einkaufen in diesem Kartenladen geschworen, sich nicht einzumischen. Statt den Versuch zu machen, Buffy weitere Informationen zu entlocken, hatte sie auf dem Heimweg vom Einkaufszentrum begeistert über das geplante Fotoalbum gesprochen.

Sie hatte Buffy den Rest des Tages frei gegeben und sie nicht einmal gebeten, den Tisch für das Abendbrot zu decken, das sie gemeinsam eingenommen hatten. Als Buffy das Haus verlassen hatte, um zum Bronze zu gehen, hatte sie sich einen Cary-Grant-Film im Fernsehen

31

angeschaut und dabei glücklich Fotos von Buffy als Zehnjährige in das Album geklebt.

Alles lief so gut, dass Buffy anfing, sich Sorgen zu machen. Konnte die Tatsache, dass sie und ihre Mom so gut miteinander auskamen, in Wirklichkeit darauf hindeuten, dass irgendetwas ganz und gar nicht stimmte? Schließlich war es nicht normal, dass Teenager ein gutes Verhältnis zu ihren Eltern hatten, oder nicht?

Oder war Buffy von diesem Thema etwa schon besessen?

Oh nein. Definitiv nicht.

»Was hast du gesagt?«, schrie sie Willow zu.

»Ich sagte . . .«, begann Willow. Ein hallendes Beckenscheppern des Drummers der Dingoes Ate My Baby übertönte ihre Worte. ». . . kannst du mir verraten, warum wir eigentlich hier sind?«, schrie sie aus Leibeskräften.

Alle Köpfe im Bronze drehten sich zu ihr um.

Die Becken hatten das Ende des Dingoes-Auftritts markiert. Willows Gespür für das richtige Timing spottete jeder Beschreibung. Wie es von ihr nicht anders zu erwarten war. Niemand im Bronze hatte ihre Frage überhören können.

Als Willow dämmerte, was passiert war, nahm ihr Gesicht eine Farbe an, die, davon war Buffy überzeugt, die Modeberaterinnen des *Young Miss*-Magazins als völlig unpassend abgetan hätten, da sie nicht mit der Farbe von Willows Haar harmonierte. Rotschöpfe sollten schließlich kein Rot tragen. Zum Glück für sie war Xander bereit, als ihr Ritter in schimmernder Rüstung einzugreifen.

Er stand auf und stellte sich vor Willow, um den Blick auf sie zu versperren.

Wer, wenn nicht Xander Harris, wusste, was es hieß, sich in aller Öffentlichkeit zu blamieren.

»Achtet nicht auf die Frau hinter dem grünen Kordhemd.«

Die Leute grinsten und wandten sich dann ab. Willows ruhmreicher Auftritt war vorüber.

»Unser Gig hat dir nicht gefallen, was?«, fragte Oz, als er an ihrer Seite auftauchte.

»Oz, nein!«, stotterte Willow. Ihr Kopf tauchte über Xanders Schulter auf. »Das habe ich nicht gemeint. Ich schwöre es.«

»Vielleicht solltest du deine Bemerkung noch mal überdenken, Will«, riet Buffy.

Xander setzte sich wieder. Da Oz jetzt hier war, konnte er die Ritterpflichten übernehmen. Schließlich gab es in Teenbeziehungen eine gewisse Hierarchie.

»Warte«, stieß Willow hervor. »Noch mal von vorn. Gig gut. Timing schlecht.«

Oz nickte. »Das ist cool«, sagte er.

»Danke für die Klarstellung«, warf Buffy ein.

»Also – warum sind wir eigentlich hier?«, fragte Oz.

Oz' Fähigkeit, sich praktisch in jeder Situation auf das Wesentliche zu konzentrieren, gehörte zu den Dingen, die Buffy am meisten an ihm gefielen. Das und natürlich seine Haare.

»Wir warten auf Suz Tompkins.«

Oz zog die buschigen Brauen hoch. »Suz Tompkins. Das ist die Härte.«

»Genau!«, rief Willow, als hätte Oz ihr gerade Recht gegeben.

»Das ist die Oberhärte«, stimmte Xander zu. »Was auch der Grund für die Zusammenrottung der Scooby Gang ist.« Übergangslos sang er den Titelsong vor sich hin. »Scooby Dooby Do, ich sehe – wow – eine Menge Ärger für Sunnydale voraus.«

»Xander«, protestierte Willow. »So geht der Song nicht.«

»Nein, ich meine es wörtlich«, erklärte Xander. »Und der Ärger ist auf direktem Weg zu uns.«

Rasch blickte Buffy zum Eingang des Bronze hinüber. Die Menge teilte sich wie das Rote Meer und gab den Blick auf Cordelia frei, an deren Arm sich Suz Tompkins klammerte, als würde sie ihn nie wieder loslassen wollen. Der Ausdruck auf Cordelias Gesicht hätte frische Milch gerinnen lassen.

»Also, das ist definitiv ein Bild, das man nicht jeden Tag zu sehen bekommt«, stellte Oz fest.

»Suz Tompkins sieht irgendwie seltsam aus«, bemerkte Willow.

»Ich denke, das Wort, nach dem du suchst, ist verängstigt, Will«, kam Buffy ihr zu Hilfe.

»Wer wäre das nicht an ihrer Stelle?«, fragte Oz.

Wie ein Schlachtschiff unter Volldampf bahnte sich Cordelia ihren Weg durch das Bronze. Als sie Buffys Tisch erreichte, versuchte sie wütend, ihren Arm aus Suz' Umklammerung zu befreien.

»In Ordnung, wir sind da. Würdest du mich jetzt *bitte* loslassen?«

Suz Tompkins ließ Cordelias Arm los. Kaum hatte sie ihren Griff gelockert, inspizierte Cordelia den Ärmel ihrer Seidenbluse.

»Wenn deine schmutzigen Pfoten meine Bluse ruiniert haben, kaufst du mir eine neue«, drohte sie Suz Tompkins.

Jetzt, da sie an Buffys Tisch stand, schien sich Suz Tompkins etwas gefasst zu haben. Sie war nicht länger kreidebleich im Gesicht, sondern nur noch ein wenig blass um die Nase. Obwohl Buffy zugeben musste, dass es auch an der Beleuchtung im Bronze liegen konnte.

»Sommerschlussverkauf bei K-Mart, richtig?«, fragte Suz.

»Das hast du wohl geträumt«, gab Cordelia zurück. »Verwechsel bloß deine Einkaufsgewohnheiten nicht mit meinen. Oh, mein Gott, ich glaube, da ist ein Schweißfleck.« Sie hielt den Arm hoch, damit die anderen am Tisch ihn sich anschauen konnten. »Seht ihr, was diese Möchtegern-Erwachsene angerichtet hat?«

Xander glitt von seinem Hocker. »Cordelia, was hältst du davon, wenn ich etwas für dich bestelle?«, fragte er, um die Situation zu entspannen.

»Das ist eine wirklich großartige Idee«, nickte Cordelia. »Wie wäre es mit einer Tetanusspritze?«

Xander griff nach ihrer Hand. Cordelia entriss sie ihm.

»Wie oft muss ich dir denn noch sagen, dass du mich in der Öffentlichkeit nicht anfassen sollst?«, zischte sie. Dennoch folgte sie Xander zur Bar.

Suz sah ihnen mit steinernem Gesicht nach. »Und mit der gebt ihr euch ab ...?«

Genau, dachte Buffy. Über meine Freunde herzuziehen, ist der beste Weg, mich um Hilfe zu bitten.

»Ich denke, es hat mit etwas zu tun, das sich Freundschaft nennt«, sagte sie ruhig. »Klingelt da was bei dir?«

Suz Tompkins holte tief Luft und machte vor Buffys staunenden Augen eine Verwandlung durch.

Suz' Gesicht verzerrte sich wie unter Schmerzen. Ihre Schultern sackten nach unten. Tränen traten in ihre dick geschminkten Augen. Offenbar hatten Buffys Worte sie tief getroffen.

»Ein Drink?«, wandte sich Oz leise an Willow.

Willow glitt von ihrem Hocker und nahm seine Hand. Die beiden verschwanden in der Menge und ließen Buffy und Suz Tompkins allein zurück. Suz zögerte, als wüsste sie nicht, was sie als

Nächstes tun sollte. Buffy deutete mit dem Kopf auf Willows leeren Hocker.

»Setz dich.«

Suz ließ sich auf dem Hocker nieder. Ihr war deutlich anzusehen, dass sie noch immer um ihre Selbstbeherrschung kämpfte. Buffy überlegte, wie sie am besten den Ball ins Rollen bringen sollte, und wünschte sich, sie würde sich nicht wie eine Briefkastentante vorkommen. In dieser Hinsicht war sie nicht gerade eine Expertin.

»Also, Suz«, sagte sie. »Was ist los?«

»Es geht um meine Freunde«, begann Suz, um dann zu verstummen. Sie presste ihre Lippen zusammen, als hätte sie Angst, mitten im Bronze in Schluchzen auszubrechen.

Okay, dachte Buffy. Sie konnten ruhig ein Frage-und-Antwort-Spiel veranstalten, wenn das Suz zum Reden bringen würde. Buffy mochte Fragen. Fragen waren gut. Solange sie nicht zu der Sorte gehörten, die ihr in Matharbeiten gestellt wurden.

»Du glaubst, dass sie in Schwierigkeiten sind?«, fuhr sie fort.

Diesmal schluchzte Suz Tompkins tatsächlich. Nur ein Mal. Es war ein rauer, verzweifelter, einsamer Laut. Im nächsten Moment holte sie tief Luft und bekam sich wieder unter Kontrolle.

»Das könnte man so sagen«, erwiderte sie und richtete ihren gequälten Blick auf Buffy. »Ich glaube, dass sie sterben werden.«

4

In dem großen weißen Haus, das einsam auf dem Hügel über der Stadt thronte, bereiteten sich Webster und Percy auf einen Auftritt als böse kleine Vampirjungs vor.

Ihre Mama hatte sie vor ihrer Neigung zu ungestümen Ausbrüchen gewarnt. Sie hatte ihren Söhnen geraten, diese zu unterdrücken. Schließlich waren sie zu Besserem erzogen worden. Einen Gentleman erkannte man schließlich daran, dass er sich nie von seinen niederen Instinkten beherrschen ließ.

Aber Mama war auch die Erste, die für das zeitweilige Ungehorsam ihrer Söhne Verständnis aufbrachte. Sie führte es auf das Alter zurück, in dem ihre Kinder verwandelt wurden und das sie nun auf ewig beibehalten würden. Sie waren damals fünfzehn gewesen. Ein Alter, das von übersprudelnden Hormonen geprägt war.

Webster und Percy waren sich allerdings nicht so sicher, ob sie überhaupt noch Hormone hatten, was auch immer das war. Aber sie wussten, dass es Zeiten gab, in denen es besser war, ihrer Mama nicht zu widersprechen.

Mama hatte sie auch noch vor etwas anderem gewarnt. Sie hatte sie gewarnt, nicht zu früh wieder auf Jagd zu gehen. Es ging ihnen gut in Sunnydale, besser als jemals zuvor. Es hatte keinen Sinn, sich durch Gier alles zu verderben.

Webster und Percy hatten folgsam genickt, um zu zeigen, dass sie verstanden hatten. Aber im Geheimen hatten sie bereits eigene Pläne geschmiedet. Sie hatten längst ihr nächstes Opfer ausgewählt. Schon seit fast einer Woche waren sie hinter dem Mädchen her. Sie hatten sie sogar ein oder zwei Mal einen Blick auf sie erhaschen lassen. Nicht lange genug, um ihr einen deutlichen Eindruck zu vermitteln. Aber gerade lange genug, um sie wissen zu lassen, dass das Gefühl, verfolgt zu werden, keine Einbildung war. Dass ihr Verstand ihr keinen Streich spielte. Sondern jemand anders.

Percy und Webster hatten es genossen, dass sich das Mädchen ständig umblickte. Dass sie Angst hatte, allein durch die Straßen zu gehen. Sie hegten die Vermutung, dass sie lange und schnell rennen würde, angetrieben von ihrer Furcht. Die Vampirbrüder konnten nur noch daran denken, die Sache zu Ende, sie zur Strecke zu bringen.

Sie wollten nicht länger warten. Sahen keinen Grund dazu. Nun, Mama hatte es selbst gesagt, nicht wahr?

Jungs sind nun mal Jungs.

»Komm, Webster«, flüsterte Percy, als er sein Bein aus dem Schlafzimmerfenster steckte, um an einem vor dem Fenster stehenden Apfelbaum nach unten zu klettern. »Mal sehen, ob draußen jemand ist, der spielen will.«

Hinter ihm gab Webster ein schrilles Lachen von sich.

»Außer uns, natürlich.«

Buffy hatte Suz Tompkins ein Glas Wasser geholt und dann staunend verfolgt, wie das andere Mädchen einen großen Schluck genommen, ein Kleenex aus ihrer Tasche gefischt und es eingetunkt hatte, um sich mit dem feuchten Tuch den Lidschatten abzuwischen. Ohne ihr Make-up sah Suz viel jünger aus. Viel verletzlicher.

»Also, was ist deiner Meinung nach passiert?«, fragte Buffy mit gesenkter Stimme.

Während Buffy das Wasser für Suz geholt hatte, hatte eine zweite Band die Dingoes abgelöst. Und zwar eine von der gesellschaftskritischen Sorte. Auf der Bühne des Bronze unterstützte ein Bassist ein schlaksiges Mädchen, das in ein Handmikro flüsterte. Ihr Gesicht war völlig hinter einem Vorhang aus langen dunklen Haaren verschwunden. Buffy hatte keine Ahnung, wie sie aussah.

»Ich weiß es nicht mit Sicherheit«, antwortete Suz. Ihre ungeschminkten Lider waren rot und geschwollen. »Jedenfalls kann ich nichts beweisen. Ich weiß nur, dass etwas nicht stimmt, und ich habe niemand, mit dem ich darüber reden kann. Ich meine, es ist nicht so, als würden die Leute bei mir Schlange stehen, um sich meine Sorgen anzuhören. Du hast wahrscheinlich bemerkt, dass ich nicht gerade mit der verdienstvollsten Clique herumhänge.«

»Ich auch nicht«, sagte Buffy.

»Was ist mit Rosenberg?«, konterte Suz. »Ich habe gehört, sie ist die Eins plus in Person.«

»Nun, das ist sie«, stimmte Buffy zu. »Aber obwohl meine Mathekenntnisse vielleicht nicht die besten sind, habe selbst ich begriffen, dass zu einer Clique immer mehr als einer gehört.«

Trotz ihrer Anspannung musste Suz lachen, und sie griff nach ihrem Glas Wasser. Sie hatte es halb zu ihren Lippen geführt, als ihr einfiel, dass der Inhalt sich nach ihrer Abschminkaktion jetzt wahrscheinlich in gefährlichen Sondermüll verwandelt hatte. Sie stellte das Glas abrupt wieder ab, wobei Wasser über den Rand und auf den Tisch schwappte.

Buffy schob das Glas, aus dem sie getrunken hatte, über den Tisch. »Nichts Ansteckendes, ich schwör's.«

Suz nahm einen Schluck, stellte das Glas wieder hin und stocherte mit dem Strohhalm nach den Eiswürfeln. Während Buffy sie beobachtete, kam ihr plötzlich eine Erkenntnis. Genauso musste sich ihre Mutter fühlen, wenn sie versuchte, ihr wichtige Informationen zu entlocken. Informationen, die Buffy lieber für sich behalten wollte, obwohl sie wusste, dass es nicht vernünftig war.

»Komm schon, Suz«, drängte Buffy und versuchte dabei, den besorgten, ernsten Tonfall ihrer Mutter nachzuahmen, den sie bei solchen Gelegenheiten annahm. »Du schindest Zeit, und du weißt es.«

»Es ist nur, dass ich mir so dumm vorkomme!«, brach es aus Suz hervor. »Du wirst mich bestimmt für verrückt halten.«

»Das werde ich nicht«, versicherte Buffy. Wenn es etwas gab, das sie in ihrer Zeit als Jägerin gelernt hatte, dann die Tatsache, dass absolut nichts unmöglich war. Es *gab* Wesen, die in der Nacht ihr Unwesen trieben, und Buffy hatte mit den meisten von ihnen nähere Bekanntschaft geschlossen. Wenn ein Mädchen, das so abgebrüht wie Suz Tompkins war, Angst hatte, dann gab es wahrscheinlich einen sehr guten Grund dafür.

»Es ist zum ersten Mal vor etwa einem Monat passiert«, sagte Suz zögernd. »Leila Johns ist einfach verschwunden. Heidi – Heidi Lindstrom, meine beste Freundin –, Leila und ich wollten ins Kino gehen. Aber Leila ist nicht aufgekreuzt, und am nächsten Morgen ist sie auch nicht zur Schule gekommen. Aber da sie sowieso nur noch selten zum Unterricht ging, ist es den Lehrern wahrscheinlich nicht aufgefallen.«

Suz schwieg und nahm einen weiteren Schluck von Buffys Mineralwasser.

»Hast du mit irgendjemand darüber gesprochen?«, fragte Buffy. »Was ist mit Leilas Familie? Wissen ihre Leute nicht, wo sie ist?«

Suz schüttelte den Kopf. »Ich habe es versucht«, antwortete sie. »Aber ich komme nicht gerade gut mit Leilas Mom aus. Sie glaubt, dass ich einen schlechten Einfluss oder so auf sie habe.«

Oder so. »Was ist mit der Polizei?«, sagte Buffy. »Hast du Leila als vermisst gemeldet?«

Die Sängerin auf der Bühne brach plötzlich in wildes Gelächter aus. Suz Tompkins schloss sich ihr an.

»Bleib auf dem Teppich«, sagte sie knapp. »Sieh mich an, Buffy. Die Cops haben dieselbe Meinung von mir wie deine Freundin Cordelia und Leilas Mom. Sie werfen einen Blick auf mich und sehen einen zukünftigen Knacki. Wenn ich den Cops erzähle, dass ich mir Sorgen mache, weil eine meiner Freundinnen ihr Kinodate nicht eingehalten hat, garantiere ich dir, dass die sich einen Ast ablachen.«

»Könnte Leila nicht einfach abgehauen sein, ohne euch etwas davon erzählt zu haben?«, forschte Buffy nach.

Noch bevor sie ihren Satz richtig beendet hatte, schüttelte Suz Tompkins heftig den Kopf.

»So etwas würde sie nie tun«, versicherte sie nachdrücklich.

»Warum nicht?«

Suz' Gesicht lief zornesrot an. »Weil das nicht ihre Art ist!«, schrie sie fast.

»Würdest du bitte etwas leiser sein?«, zischte ihr ein Junge am Nebentisch zu. »Ich kann die Band nicht hören.«

Suz drehte sich zu ihm um und Buffy glaubte zu sehen, dass sie wahrhaftig die Zähne fletschte. »Verzieh dich«, fauchte sie.

Ohne ein weiteres Wort nahm der Junge seinen Drink und setzte sich an einen anderen Tisch. Suz wandte sich wieder Buffy zu.

»Beeindruckend«, meinte Buffy.

»Ich wusste, dass du mir nicht glauben würdest«, sagte Suz vorwurfsvoll. »Du bist genau wie die anderen. Du siehst nur, was du sehen willst.«

»Ich sehe nur, was du mich sehen lässt, Suz«, konterte Buffy. »Wenn du willst, dass ich mehr sehe, musst du mir schon zeigen, wo ich hinschauen soll.«

Wir sind noch lange nicht am Ziel, Mädchen.

Suz Tompkins barg ihren Kopf in den Händen. Ihre Schultern sackten nach unten. Mit einem Mal schien sie alle Kraft zu verlieren. Buffy stellte überrascht fest, wie sich ein Klumpen in ihrer Kehle bildete. Sie wusste, was Verzweiflung war.

»Ich weiß nicht, ob du das verstehen kannst ... aber ... meine Freunde und ich ... wir haben ... Regeln«, sagte Suz schließlich leise.

»Niemand unternimmt irgendetwas Wichtiges, irgendetwas, das die Gruppe betreffen könnte, ohne den anderen etwas zu sagen. Auf diese Weise schützen wir uns, verstehst du? Geben uns Rückendeckung. Passen aufeinander auf. Leila würde niemals abhauen, ohne es vorher zu sagen. Keiner von uns würde das tun. Frag mich nicht, wieso ich mir so sicher bin. Ich weiß es einfach, Buffy.«

»Sie hat nicht gesagt, dass sie weg wollte, und sie hat sich seitdem nicht mehr gemeldet. Deshalb glaubst du, dass sie tot ist.«

Suz Tompkins nickte. Sie spielte wieder mit dem Strohhalm und hatte die Schultern hochgezogen, als erwarte sie weiteren Widerspruch von Buffy. Als Buffy nichts sagte, kamen Suz' Hände allmählich wieder zur Ruhe. Buffy runzelte nachdenklich die Stirn, betrachtete geistesabwesend das Gedränge im Bronze und versuchte, die Teile von Suz' Puzzle zusammenzusetzen.

Obwohl es stimmte, dass nicht alles Böse, das in Sunnydale passierte, auf den Höllenschlund zurückzuführen war, hatte Buffy inzwischen genug erlebt, um den Höllenschlund *nicht* von vornherein als Quelle des Übels auszuschließen. Andererseits war es möglich, jedenfalls theoretisch, dass Leila Johns einem ganz normalen Verbrechen zum Opfer gefallen war.

Aber was war, wenn dies nicht stimmte? Was war, wenn der friedliche Verlauf der letzten Tage Buffy mit einem falschen Gefühl der Sicherheit eingelullt hatte? Vielleicht war es in Sunnydale am Ende doch nicht so friedlich gewesen.

Manche Wesen, die aus dem Höllenschlund kamen, wollten einfach nur Chaos anrichten und dann wieder im Schlund verschwinden. Nicht alle wollten die Jägerin wissen lassen, dass sie in der Stadt waren.

Buffy dämmerte jetzt, dass sie Gerüchte über Leilas Verschwinden gehört hatte. Sie hatte ihnen nur keine Beachtung geschenkt. Vielleicht hatte Suz Recht mit ihrer Meinung über sie. Vielleicht war sie genau wie alle anderen. Wie all diese Erwachsenen, die annahmen, dass ein

Mädchen wie Leila, das nach Ärger aussah, es auch verdient hatte, wenn sie in Schwierigkeiten geriet. Dass sie das Unheil geradezu heraufbeschworen hatte.

Abrupt richteten sich Buffys Augen auf einen bestimmten Punkt, und sie erkannte, was sie die ganze Zeit angestarrt hatte. Intuitiv war ihr Blick direkt zu Willow gewandert, die Oz dabei half, das Soundequipment der Dingoes einzupacken. Xander und Cordy standen in der Nähe. Natürlich rührte Cordy keinen Finger, um ihnen zu helfen.

Buffy bemerkte jetzt, dass Willow immer wieder in ihre Richtung sah. Offenbar war sie neugierig, was vor sich ging.

Buffy wusste, was die Leute dachten, wenn sie ihre Gruppe sahen. Sie hielten sie für Freaks und Spinner. Für die Außenseiter der Sunnydale High – mit Ausnahme von Cordelia.

Sie sind meine Freunde, dachte sie. Ihre Freunde, die öfter, als sie zählen konnte, bewiesen hatten, dass sie buchstäblich alles für sie tun würden. Wir haben auch Regeln, erkannte sie.

Und die erste auf der Liste lautete, dass Freunde niemals ihre eigenen Regeln brachen, niemals die Versprechen brachen, die sie sich gegenseitig gegeben hatten. Freunde hielten ihr Wort. Sie hielten zusammen, ganz gleich, was passierte ...

»Ich gehe nicht wieder hinüber«, erklärte Cordelia. »Du kannst mich nicht dazu zwingen. Also vergiss es.«

Oz ließ das Schloss seines Gitarrenkastens zuschnappen. »Sieht nach einem schweren Fall aus«, bemerkte er.

»Nun, hättest du eine *richtige* Band, müsstest du das Ding nicht selbst schleppen. Dann hättest du Groupies dafür.«

Drei Augenpaare starrten Cordelia an. »Was?« Mit alarmiertem Gesichtsausdruck setzte sie sich gerade auf. »Ich habe doch nicht etwas zwischen meinen Zähnen, oder?«

»Ich glaube, seine Bemerkung bezog sich auf Buffy und Suz«, sagte Willow schließlich mit ruhiger Stimme. Während Oz mit seinem Instrument beschäftigt war, hatte sie mit besorgter und nachdenklicher Miene Buffys Tisch beobachtet.

»Wieso lernt man in der Schule nichts Nützliches?«, beklagte sie sich. »Zum Beispiel so etwas wie Lippenlesen?«

»Wenn sich Buffy mit jemand wie Suz Tompkins einlässt, kann sie nicht auf mich zählen«, fuhr Cordelia fort. »Da ziehe ich eine klare Grenze.«

»Und eine überaus gerade und schmale«, warf Xander ein.

Cordelia funkelte ihn an. »Geht es auch noch nerviger?«

Xander grinste. »Das musst du schon selbst herausfinden«, sagte er.

»Nicht nötig«, fauchte Cordelia. »Ich weiß es schon.«

Buffy löste den Blick von ihren Freunden. Sie hatte einen Job zu erledigen, und das konnte sie nur, wenn sie sich konzentrierte.

»Wer wird sonst noch vermisst«, fragte sie Suz Tompkins.

Suz starrte sie über den Tisch hinweg an. Buffy sah an den Augen des Mädchens, dass sie langsam begriff.

»Du glaubst mir, nicht wahr?«, fragte Suz.

»Ich glaube dir«, bestätigte Buffy sanft. »Aber du hast von ›Freunden‹ gesprochen, Suz. Plural, was so viel heißt wie mehr als einer. Das muss bedeuten, dass sonst noch jemand verschwunden ist. Also wer?«

Suzes Augen füllten sich erneut mit Tränen. Buffy spürte, wie sich ihr Magen zusammenzog. Sie zwang sich, nicht wieder zu Willow hinüberzusehen. Denn diesmal wusste sie, was Suz sagen würde.

»Letzte Woche . . .«, begann Suz. Ihre Stimme klang rau und brüchig. Sie räusperte sich und setzte erneut an. »Letzte Woche ist meine beste Freundin verschwunden, Heidi Lindstrom.«

Webster und Percy erlebten eine Enttäuschung.

Sie pirschten jetzt schon seit über einer Stunde durch die Straßen und hatten noch immer keine Spur von dem Mädchen entdeckt, das sie auserwählt hatten. Webster war fast so weit, die Jagd abzubrechen und nach Hause zu gehen. Mama hatte wahrscheinlich inzwischen bemerkt, dass sie fort waren.

Und die Wahrheit war, dass Mama ihre lieben Jungs schon mehrfach in Verlegenheit gebracht hatte. Es war ihr nie verborgen geblieben, wenn sie auf die Jagd gegangen waren, ohne sie vorher um Erlaubnis zu fragen. Wenn sie auf eigene Faust handelten und dabei vergaßen, dass die Regeln, die Mama aufstellte, nur zu ihrem Besten waren.

Webster erinnerte Percy daran, dass das Leben viel einfacher war, wenn Mama glücklich war. Aber Percy war noch nicht bereit aufzugeben. Noch nicht. Uh, uh.

Es gab einen Ort, den Percy noch aufsuchen wollte. Den Ort, an dem sich höchstwahrscheinlich das Mädchen befand. Derselbe Ort, wo sie ihr letztes Opfer gefunden hatten. Nur dass Percy diesmal mehr wollte. Er wollte nicht in der Seitengasse darauf warten, was herauskam. Diesmal wollte Percy hineingehen, wo die Beute, wo die Action war.

Das bedeutete, dass sie ihre menschlichen Gesichter tragen mussten, was langweilig war. Aber selbst Percy war nicht so dumm, sich in seiner Vampirgestalt unter Menschen zu wagen. Wenn sie so etwas taten und Mama dahinter kam, würde sie ein Riesentheater machen. Und das wollte Percy um jeden Preis vermeiden.

»Das Lokal hat einen komischen Namen«, sagte er zu Webster, während er seinen Arm ergriff und ihn mit sich zog. Manchmal war Webster so langsam, dass es Percy nicht nur wütend machte, sondern auch peinlich war. Es ließ ihn in einem falschen Licht erscheinen. Schließlich waren sie Zwillinge. »Einen Metallnamen.«

»Gold«, schlug Webster vor.

»Das ist es nicht«, sagte Percy und zog seinen Bruder um die Ecke in eine dunkle Straße.

»Silber.«

»Das ist es auch nicht.«

»Kupfer.«

»Nein«, sagte Percy ungeduldig und brachte Webster mit einem Ruck an seinem Arm abrupt zum Stehen.

»Percy«, jammerte Webster. »Du bist ein Rüpel und du bist grob zu mir. Wenn du dich nicht sofort besser benimmst, werde ich es Mama sagen, wenn wir nach Hause kommen.«

»Wir sind da, Webster«, erklärte Percy. Er ließ den Arm seines Bruders los und zeigte nach oben.

»Das wollte ich als Nächstes vorschlagen«, sagte Webster.

Auf dem Schild über der Tür stand in großen Lettern: BRONZE.

Es hatte einige Überredungskunst und ein weiteres Mineralwasser gekostet, bis Buffy Suz hatte davon überzeugen können, auch die anderen ins Vertrauen zu ziehen. Ein Appell an Suz' Sinn für Freundschaft hatte schließlich den Ausschlag gegeben. Das und die Tatsache, dass Cordelia gegangen war. Wenn Suz Buffy vertraute, würde sie auch Buffys Freunden vertrauen müssen. Das waren *ihre* Regeln.

Sobald alle am Tisch versammelt waren, weihte Buffy ihre Freunde ein. Als sie fertig war, hatte Suz ihr Einverständnis, dass die anderen jetzt dazugehörten, dadurch signalisiert, dass sie mit einer letzten Information herausgerückt war.

Sie war ziemlich sicher, dass sie als Nächste an der Reihe war. Denn sie war absolut sicher, dass sie verfolgt wurde. Es hatte kurz nach Heidis Verschwinden angefangen.

Oz war der Erste, der das Wort ergriff. »Hast du gesehen, wer es war?«, fragte er ruhig, ganz wie man es von ihm gewohnt war.

»Nicht direkt«, antwortete Suz Tompkins. »Nicht so deutlich, dass ich sie bei einer Gegenüberstellung identifizieren könnte. Nur so, dass ich den Horror bekam.«

Sie runzelte die Stirn, als versuchte sie, sich an Einzelheiten zu erinnern. »Ich glaube, sie waren irgendwie eigenartig gekleidet.«

Willow verschluckte sich an ihrem Mineralwasser. Suz sah sie an. »Die ganze Zeit?«, beeilte sich Willow zu fragen.

»Woher soll ich das wissen?«, entgegnete Suz. »Ich bin ihnen schließlich nicht morgens beim Anziehen behilflich.«

»Nein, ich meine, hast du das Gefühl, dass du die ganze Zeit von ihnen verfolgt wirst?«, stellte Willow klar. »Oder passiert es nur zu bestimmten Zeiten? Zum Beispiel nach Einbruch der Dunkelheit?«

Suz überlegte mit nachdenklichem Gesicht. Wenn sie die Spannung bemerkte, die sich jetzt am Tisch breit machte, zeigte sie es jedenfalls nicht.

»Nur nach Einbruch der Dunkelheit«, bestätigte sie nach einem Moment.

Nun, dachte Buffy. Das schränkt den Kreis der Verdächtigen deutlich ein. Es gab eine Menge Wesen, die das Tageslicht scheuten, aber nur ein paar, für die sich die UV-Strahlen sofort als tödlich erwiesen, da sie zu einer spontanen Selbstentzündung führten.

Und ganz oben auf der Liste stehen …

»Hallo«, sagte eine neue Stimme.

»Oh. Wow. Sieh doch. Da ist Angel«, stieß Willow hervor. »Ich meine, du weißt schon, das ist ein gutes …«

»Timing«, beendete Xander für sie den Satz.

Angel blickte von einem zum anderen und verengte ein wenig die Augen.

Er hatte sich schon seit langem an die Tatsache gewöhnt, dass der Empfang, den ihm Buffys engste und beste Freunde bereiteten, allabendlich variierte. Nicht, dass er sich etwas daraus machte. Oder zumindest nicht viel. Aber Angel gefiel es nicht, der Auslöser eines Konfliktes zwischen Buffy und ihren Freunden zu sein. Seiner Meinung nach war es schon hart genug für sie, dass sie die Jägerin war. Wobei die ganze Böser-Angel-versuchte-sie-und-alle-die-sie-liebte-zu-töten-Kiste noch erschwerend hinzukam.

Doch alles in allem war der Empfang am heutigen Abend ziemlich positiv.

»Ihr habt wieder geübt, stimmt's?«, fragte er.

Wie gewöhnlich war es Willow, die antwortete. Xander sprach Angel nur direkt an, wenn ihm seine anderen Optionen nicht behagten. Beispielsweise in Fällen, wenn sein Ableben unmittelbar bevorstand.

Willow nickte. »Tag und Nacht. Und Nacht und Tag.«

»Das sollte genügen«, sagte Angel trocken.

Wie macht er das nur?, fragte sich Buffy. Seine Nähe wühlte sie immer auf. Und ganz gleich, wie sehr sie auch versuchte, darauf vorbereitet zu sein – er tauchte stets in dem Moment auf, wenn sie es am wenigsten erwartete.

Aber die Wahrheit war, dass sie eigentlich nie richtig auf Angel vorbereitet gewesen war. Wie sollte ein Mädchen auch mit der Tatsache fertig werden, dass ihr Seelenpartner ein über 200 Jahre alter Vampir ist?

Er trat neben sie, berührte sie aber nicht. Vor den anderen tat er das eh nur selten.

»Angel, das ist Suz. Suz, Angel«, stellte Buffy die beiden einander vor.

»Hallo«, sagte Angel.

»Hallo«, sagte Suz.

»Nun«, sagte Xander, als könnte er der Versuchung zu sticheln nicht widerstehen, »welch rührender Moment. Ich bin zutiefst bewegt.«

Angel ignorierte ihn. »Buffy«, sagte er, während sein Blick ruhelos durchs Bronze wanderte. »Wir müssen miteinander reden. Ich ...«

»Oh, mein Gott. Ich glaube, das sind sie«, entfuhr es Suz Tompkins.

Alle Köpfe am Tisch drehten sich in die Richtung, in die Suz deutete. Buffy konnte zwei Jungen sehen, die sich ihren Weg durchs Bronze bahnten.

Sie trugen die gleichen Khakihosen und weiße Hemden. Das Einzige, was sie voneinander unterschied, waren ihre Krawatten. Die eine war marineblau, die andere kastanienbraun. Buffy konnte ihre Füße nicht sehen, aber sie war bereit, ihr nicht existierendes Collegestipendium darauf zu verwetten, dass sie Slipper trugen.

Die Kerle gafften, ohne sich um die Blicke und das Gekicher zu kümmern, das ihr Erscheinen ausgelöst hatte, reckten die Köpfe und schauten sich um, als wollten sie jedes einzelne Detail des Bronze in sich aufnehmen. Sie wirkten wie Fünfjährige, die gerade einen Bonbonladen betreten hatten. Ohne Begleitung eines Erwachsenen.

Als sie Suz entdeckten, tuschelten sie miteinander. Der mit der marineblauen Krawatte winkte sogar. Sein Pendant mit der kastanienbraunen Krawatte schlug ihm den Arm nach unten.

»Das sind sie?«, fragte Xander ungläubig. Er drehte sich zu Suz Tompkins um. »Du hast Angst vor den Pillsbury Poppern? Warum gibst du ihnen nicht einfach einen Tritt in den kleinen Hintern oder so?«

»Xander«, sagte Buffy warnend.

»Was?«, fauchte Xander. »Das ist eine vernünftige Frage, die eine vernünftige Antwort verlangt.«

»Du hast Recht«, wandte sich Willow an Suz. »Sie sind eigenartig gekleidet.«

»Altmodisch«, warf Angel ein.

Xander schnaubte. »Du musst es ja wissen.« Dann veränderte sich sein Gesichtsausdruck, als wäre ihm plötzlich ein neuer Gedanke gekommen.

»Nur Geduld«, sagte Oz zu den anderen. »Gleich legt er los.«

»Moment mal«, fuhr Xander fort, nun ganz auf Angel konzentriert. »Willst du damit vielleicht sagen, dass du diese Kerle *kennst*?«

»Ich habe sie noch nie zuvor gesehen«, erwiderte Angel ruhig, »obwohl man sagen könnte, dass ich ... mit dem Typ vertraut bin.« Seine dunklen Augen suchten Buffys. »Ich gehe jede Wette ein, dass die beiden neu in der Stadt sind.«

»Nun gut«, sagte Buffy und glitt von ihrem Hocker, um sich neben ihn zu stellen. »Ich würde sagen, dass wir sie auf bewährt warmherzige Art in Sunnydale willkommen heißen sollten.«

»Wovon redet ihr eigentlich?«, fragte Suz Tompkins schniefend.

Zehn Minuten später waren Buffy und Angel in der Gasse hinter dem Bronze. Nicht, dass sie so lange gebraucht hatten, um ihren Angriffsplan zu entwickeln, der überaus simpel war:

1. Vampirzwillinge aufspüren.
2. Pfählen.
3. Nach Hause gehen.

Aber es hatte Buffy zehn Minuten gekostet, Suz davon zu überzeugen, sie die Sache regeln zu lassen, während Oz und Willow sie nach Hause fuhren, begleitet von Xander als eine Art mobiles Ein-Mann-Einsatzkommando. Anschließend sollte sich die Scooby Gang in die Schulbibliothek begeben, um sich dort mit Buffy zu treffen und Giles über den Vorfall zu informieren.

Jetzt, wo Suz einen genauen Blick auf ihre beiden mutmaßlichen Verfolger geworfen hatte, war ihre Furcht verflogen. Sie war drauf und dran gewesen, sie selbst zu erledigen. Hier und jetzt. Nachdem sie alles getan hatte, um ihnen zu entlocken, was sie mit Leila und Heidi angestellt hatten. Buffy machte sich nicht die Mühe, ihr zu erklären, dass sie in diesem Fall zu ganz speziellen Maßnahmen greifen musste.

»Suz hat nicht ganz Unrecht«, sagte Buffy, als sie mit Angel durch die Gasse schlich. Die Jungs hatten keinen besonders gefährlichen Eindruck gemacht, aber Buffy wusste nur zu gut, wie sehr der äußere Eindruck täuschen konnte. Sie hielt bereits einen Pflock in der Hand.

»In welcher Hinsicht?«, fragte Angel.

»Wir sollten uns vorher vergewissern, ob diese Kerle für das verantwortlich sind, was Heidi und Leila zugestoßen ist.«

»Okay«, nickte Angel. »Du kitzelst sie, bis sie alles ausplaudern. Ich halte sie fest.«

Buffy seufzte. »Du hast wieder den Cartoon-Kanal gesehen, nicht wahr?«

»Ich muss mir tagsüber irgendwie die Zeit vertreiben. Ich langweile mich.«

»Besuch doch einfach die Sunnydale High.«

»Oooh, sieh mal, Webster«, sagte eine Stimme hinter ihnen.

47

Buffy und Angel wirbelten in perfekter Synchronität herum. Hinter ihnen standen die beiden Zwillinge aus dem Bronze. Das Licht der Lampe über dem Hintereingang spiegelte sich in ihren kleinen gelben Knopfaugen. Die Jungs hatten jetzt, wo sie nicht mehr in der Öffentlichkeit waren, in den Vampmodus umgeschaltet.

»Na so was«, murmelte Angel. »Sie können mit einem Satz über hohe Gebäude springen.«

Er hätte schwören können, dass die Gasse hinter ihnen kurz zuvor noch leer gewesen war. Er hatte sich dessen vergewissert. Angel achtete auf derartige Dinge. Er wusste schließlich, dass sie im Ernstfall über Leben und Tod entscheiden konnten.

»Ich habe dir doch gesagt, dass wir heute Nacht Glück haben werden«, sagte der mit der kastanienbraunen Krawatte. »Zwei zum Preis von einem.«

»Ich weiß nicht, Percy«, sagte die marineblaue Krawatte nervös. »Du weißt, dass es Mama nicht mag, wenn wir kämpfen, ohne in der Überzahl zu sein.«

»Und was willst du tun? Mich verpetzen?«, schnaubte Percy.

»Du sollst nicht so mit mir reden!«, jammerte der Vamp namens Webster. »Mama hat das gesagt.«

»Muttersöhnchen«, sagte Angel voller Abscheu. »Ich hasse Muttersöhnchen.«

Buffy gab ihm einen Stoß in die Rippen. »Und ich hasse es, wenn man mir meine besten Sätze klaut.«

»Tut mir Leid«, sagte Angel.

»Du kannst es wieder gutmachen«, meinte Buffy mit einem kurzen Seitenblick.

»Wie?«

Buffy hob ihren Arm. »Hilf mir, Tweedledum und Tweedledee meinem Mr. Spitz hier vorzustellen.«

Angel ließ ein teuflisches Grinsen aufblitzen. Buffy spürte, wie sich ihr Puls beschleunigte.

»Kein Problem«, versicherte Angel. »Aber ich bin diesmal mit dem Zählen dran.«

»Du schaffst es immer nur bis drei«, sagte Buffy spöttisch.

»Eins ... zwei ...«, sagte Angel.

In perfekter Harmonie – perfekt aufeinander abgestimmt – stürmten die Jägerin und der Vampir los.

5

Webster heule gespenstisch, aber er und Percy wichen nicht zurück. Für einen kurzen Schlag ihres hämmernden Herzens hatte Buffy geglaubt, dass es für sie und Angel kein Problem sein würde, die kleinen schwarzen Vampirherzen der Zwillingstrottel zu durchbohren.

Es kann unmöglich so leicht sein, dachte sie.

Sie hatte Recht. Percy und Webster warteten, bis Buffy und Angel sie fast erreicht hatten. Dann stürmten auch sie los.

Buffy reagierte instinktiv, schob den Pflock in den Ärmel ihrer Jacke und ließ sich rücklings auf das Pflaster das Gasse fallen. Die Luft wurde aus ihrer Lunge gepresst, als sie hart aufschlug. Sie hob ihr rechtes Bein, beugte das Knie wie ein Schlangenmensch im Zirkus und rammte dem Vamp mit der kastanienbraunen Krawatte ihren Fuß in den Bauch.

Als er nach vorn kippte, packte sie seine Handgelenke und nutzte seinen eigenen Schwung, um ihn über sich zu hinwegzuschleudern. Sie hörte, wie Angel neben ihr vor Anstrengung keuchte, und wusste, dass er dasselbe wie sie getan hatte, obwohl sie keinen Seitenblick riskierte, um sich zu vergewissern.

Kaum war der Vampir über sie hinweggesegelt, sprang Buffy auf und fuhr herum. Als sie ihre Drehung vollendet hatte, hielt sie den Pflock wieder stoßbereit in ihrer Faust. Buffy hütete sich, ihren Rücken auch nur einen Moment ungeschützt zu lassen. Vor allem, wenn ihr Gegner ein Vampir in Slippern war.

Wieder starrten sich die vier an.

»Oooh, das hat Spaß gemacht, nicht wahr?«, frohlockte der Vamp mit der kastanienbraunen Krawatte. Seine Reißzähne glänzten, als er sie zu einem breiten Grinsen entblößte. »Hat es dir nicht auch Spaß gemacht, Webster?«

»Er hat mein Hemd beschmutzt«, beschwerte sich Webster. Buffy musste zugeben, dass sie beeindruckt war. Selten hatte sie jemanden so finster starren und gleichzeitig schmollen gesehen. »Lass uns von hier verschwinden, Percy. Ich will nach Hause.«

»Nun, ein weiser Entschluss. Zumindest einer von euch scheint schlauer zu sein, als ihr ausseht«, bemerkte Angel.

Webster schürzte die Unterlippe. »Du bist gemein«, sagte er. »Ich glaube nicht, dass ich dich mag. Und du solltest wirklich nicht so mit mir reden. Mama würde es gar nicht gefallen. Wer weiß, wie sie reagiert, wenn sie davon erfährt.«

»Ich denke, ich werde das Risiko eingehen«, sagte Angel.

»Oh, aber wir sind verdammt schlau, nicht wahr, Webster?«, warf Percy ein. Er drückte den Arm seines Bruders, um ihn zum Schweigen zu bringen. »Zum Beweis werden wir jetzt dieses kleine Quiz veranstalten. Zwei von uns können jederzeit entkommen, wenn sie wollen. Zwei von uns sitzen wie Ratten in der Falle. Wer ist wer?«

Es stimmte, dämmerte es Buffy plötzlich. Der Positionswechsel hatte den Vamps einen potenziellen Vorteil verschafft. Sie hatten den Ausgang der Gasse im Rücken, während Angel und Buffy an einer Mauer standen. In die Enge getrieben. Ratten. Falle. Eine ziemlich zutreffende Beschreibung. Aber natürlich würde Buffy das nicht zugeben. Nur über meine Leiche.

Oder besser über ihre.

»Kommt her, dann gebe ich euch die Antwort«, sagte sie herausfordernd.

»Du hast Mumm«, stellte Percy mit einem Grinsen fest. »Das gefällt mir. Du siehst zwar nicht so toll aus. Aber in Anbetracht der Umstände bin ich bereit, darüber hinwegzusehen.«

Buffy konnte nicht glauben, was sie da hörte. Ein Vampir, dessen Modegeschmack in den fünfziger Jahren steckengeblieben war, mäkelte an ihrem Aussehen herum? Bitte.

»Willst du damit sagen, du wählst deine Opfer nach ihrem *Aussehen* aus?«, fragte sie ungläubig. »Hältst du das nicht auch für ein wenig oberflächlich oder so?«

»Es ist nicht oberflächlich«, widersprach Webster trotzig. »Das Aussehen ist sehr wichtig. Man muss in jeder Situation auf seine äußere Erscheinung achten. Das sagt Mama auch.«

»Der Vorname deiner Mutter ist nicht zufällig Martha, oder?«, murmelte Buffy.

»Sind wir endlich mit Reden fertig?«, fragte Angel plötzlich. »Bei dem Tempo wird noch die Sonne aufgehen, bevor wir zum eigentlichen Thema kommen.«

»Oh, nein!«, japste Webster. »So lange können wir nicht warten. Die Sonne wird uns verbrennen.«

Angel gab ein Knurren von sich und nahm seine Vampirgestalt an. »Wem sagst du das?«

Die beiden wichen einen Schritt zurück. Volltreffer, Angel, dachte Buffy.

»Einen Moment!«, jammerte Webster. »Das ist nicht fair. Du solltest auf unserer Seite sein.«

»Ich schlage vor, ihr findet euch so schnell wie möglich damit ab«, sagte Angel. »Denn ich bin nicht auf eurer Seite. Pflock«, fügte er hinzu und streckte Buffy die Hand hin.

Ohne ihre Augen von den Zwillingen zu lassen, griff die Jägerin in ihre Jackentasche, brachte einen Pflock zum Vorschein und drückte ihn in Angels ausgestreckte Handfläche.

»Pass auf, dass du dich daran nicht verletzt«, warnte sie.

»Vertrau mir. Ich habe andere Pläne. Der Jammerlappen gehört mir.«

»Du kannst ihn haben«, versicherte Buffy. »Solange ich mich ein paar Minuten ungestört mit dem jungen Modeberater unterhalten kann.«

Sie duckte sich, ging in Kampfstellung und ließ den Pflock von einer Hand in die andere wandern, wobei sie bemerkte, dass Percy ihm mit den Augen folgte.

»Das wird bestimmt lustig«, sagte Angel.

Webster machte einfach kehrt und lief davon, dicht gefolgt von Angel. Buffy konnte schwören, dass er »Mama!« rief, bevor die beiden das Ende der Gasse erreichten und hinter der Ecke verschwanden. Sie ließ den Pflock weiter von einer Hand in die andere wandern, während sie und Percy sich gegenseitig umkreisten.

Buffy hielt sich weiter geduckt und machte langsame, gleitende Schritte. Webster war ein Feigling, so viel stand fest. Ebenso klar war, dass Percy wie ein wildes Tier kämpfen würde, wenn er in die Enge getrieben wurde. So sehr sie ihn auch erledigen wollte, war Buffy doch zu klug, um einfach loszuschlagen. Ihr Instinkt warnte sie eindringlich, dass Percy schmutzige Tricks anwenden würde.

Sie warf den Pflock in die linke Hand. Percy täuschte eine Bewegung nach rechts vor in der Hoffnung, sie aus dem Gleichgewicht zu bringen. Genau das hatte Buffy erwartet. Nun konnte sie die Angriffstechnik wählen, die sie sich gewünscht hatte.

Sie riss ihr rechtes Bein hoch und trat dem jungen Vampir in den Unterleib. Percy krümmte sich zusammen. Buffy hob ihren Arm, um ihn mit einem Genickschlag zu Boden zu schicken, aber bevor sie den Treffer landen konnte, streckte Percy blitzartig einen Arm nach ihr aus.

Seine Finger schlossen sich um Buffys Kniebeuge. Ein kräftiger Ruck, und Buffys Bein gab nach. Sie fiel zu Boden. Percy wich sofort zurück und war außer Reichweite. Er richtete sich auf, als Buffy auf die Beine kam. Wieder umkreisten sich die Jägerin und der Vampir, während Buffy den Pflock so schnell von einer Hand in die andere wandern ließ, dass seine Umrisse verschwammen.

Buffys Adrenalin drängte sie, anzugreifen und die Sache zu Ende zu bringen. Aber sie zwang sich, es langsam angehen zu lassen. Sie hatte vorher noch etwas zu erledigen. Etwas, das sie sich und Suz Tompkins versprochen hatte. Der Pflock wanderte jetzt wieder langsamer von einer Hand in die andere. Links. Rechts. Rechts. Links.

»Du wirst mich nie besiegen können, weißt du«, sagte Percy, als würden er und Buffy bei einer nachmittäglichen Teeparty miteinander plaudern. »Aber wenn du jetzt aufgibst, verspreche ich dir, dass ich es schnell und schmerzlos machen werde.«

»Sicher«, nickte Buffy. »Ob tot oder lebendig. Ihr Kerle macht alle dieselben Versprechen.«

Sie spürte, wie sich ihr Pulsschlag beschleunigte. Sie hatte einen seltsamen Geschmack im Mund, den sie nicht einordnen konnte.

»Nun, worauf wartest du, Süße? Ich bin hier. Willst du mich nicht erledigen?«, stichelte Percy.

Links. Rechts. Rechts. Links. Buffy beobachtete Percys Augen, die versuchten, dem Pflock zu folgen. Sie bemerkte, wie er allmählich immer gereizter und wütender wurde. Buffy grinste. Es war gut, wenn er wütend war. Und gereizt. Sie liebte es, andere zu reizen.

»Was denkst du, Schlaukopf?«

»Ich denke, dass du ohne diesen großen, starken Kerl an deiner Seite nicht ganz so mutig bist«, fauchte Percy. Er schien kurz davor zu stehen, die Beherrschung zu verlieren. »Du hast Angst, dass ein kleines Mädchen wie du die Sache nicht zu Ende bringen kann. Nun, ich werde dir etwas sagen. Du hast Recht, Schätzchen.«

Buffy warf den Pflock nach rechts, dann nach oben, sodass er sich um seine Achse drehte und mit einem leisen Klatschen wieder in ihrer Hand landete. Ende. Spitze. Ende. Spitze. Stirb jetzt. Stirb später. Stirb jetzt.

»Halt die Klappe, du vampiristisches Chauvinistenschwein«, rief sie provozierend.

»Oooh«, kreischte Percy. »Du kannst schmutzig reden. Ich liebe das. Ich nehme zurück, dass du nicht die Richtige für mich bist. Ich denke, dass du absolut perfekt bist, Schätzchen. Komm her und lass es mich dir beweisen.«

Abrupt erkannte Buffy den Geschmack in ihrem Mund. Es war Zorn. Es war Abscheu. Sie war nie ein großer Vampirfan gewesen, aber der hier war ein besonders übler Bursche.

Fairerweise musste sie zugeben, dass Percy und sein Bruder nur das taten, was Vampire nun einmal taten, aber sie hatten eine Art an sich, die Buffy eindeutig nicht gefiel. Sie hatten es bewusst auf junge Mädchen abgesehen. Hatten ihre Opfer nach dem Aussehen ausgewählt, wenn Buffy sie richtig verstanden hatte.

Als wären sie eine Art Modepolizei. Als wäre es nicht schon schwierig genug, ein Mädchen zwischen zwölf und zwanzig zu sein.

Buffy umklammerte das Ende des Pflocks mit der rechten Hand und machte kreisende Bewegungen. Stirb jetzt. Gleich wird es so weit sein.

»Deshalb habt ihr auch diese beiden anderen Mädchen ausgewählt. Es waren nur zwei, nicht wahr?«

»Zwei sind erledigt, und du bist die Nächste«, erklärte Percy.

»Aber warum diese Mädchen?«, fragte Buffy. »Wegen ihrem Aussehen? Was haben sie getan? Zu viel Make-up getragen?«

»Sie sahen nicht wie Ladys aus«, sagte Percy. »Genauso wenig wie du. Ladys sollten elegant und weiblich aussehen. Mama sagt, dass Mädchen, die das nicht tun, nur für eins taugen.«

Opfer zu sein, dachte Buffy. Sie spürte, wie sich der bittere Geschmack in ihrem Mund ausbreitete. Galle stieg in ihr hoch. Sie schluckte sie hinunter.

Offenbar hatte Percys geliebte Mama ihn zu viele alte Splatterfilme sehen lassen. Jeder wusste, dass seit *The Blob* die alte Regel, dass das Aussehen über den Tod entschied, keine Gültigkeit mehr hatte.

»Komisch«, sagte sie. »*Meine* Mutter hat mir beigebracht, dass man ein Buch nicht nach seinem Einband beurteilen darf. Aber in deinem Fall bin ich bereit, eine Ausnahme zu machen.«

»Ha, ha. Sehr witzig«, sagte Percy. »Verzeih mir, wenn ich mich totlache.«

»Hauptsache, du stirbst.«

Buffy entschied, dass sie genug von diesem Gespräch hatte, und stürzte sich auf ihn. Percy senkte den Kopf und stürmte los. Buffy stöhnte auf, als der Vampir ihr den kurz geschorenen Kopf in die Magengrube rammte. Brüllend schleuderte Percy die Jägerin gegen die nächste Wand. Buffys Kopf flog nach hinten und prallte mit einem Übelkeit erregenden Klatschen gegen die Ziegelsteine. Ihr ganzer Schädel dröhnte vor Schmerz. Grelle, weiße Lichtblitze tanzten vor ihren Augen.

Automatisch stemmte sie die Absätze gegen den Boden, um nicht an der Wand nach unten zu rutschen. Sie schüttelte den Kopf und versuchte verzweifelt, wieder klar zu sehen. Es gab jetzt zwei Percys.

»Ich liebe dieses Geräusch, du auch?«, fragten sie, als sie zurücktanzten, außer Reichweite des Pflocks. Kluge Vampire hätten ihren Vorteil genutzt, aber nicht die beiden Percys. Sie waren zu versessen auf das Katz-und-Maus-Spielen.

»Der Kopf des letzten Mädchens klang genauso«, erklärten die beiden Percys. »Er ist wie eine reife Wassermelone zerplatzt. Aber keine Sorge. Sie hat nichts gespürt. Wenigstens nicht mehr zu diesem Zeitpunkt.«

Buffy schnappte nach Luft und machte den ersten Atemzug seit ihrem direkten Kontakt mit dem Vampirschädel. Ihr Kopf fühlte sich an, als würde er von einem kräftigen Bauarbeiter mit einem riesigen Presslufthammer malträtiert.

Sie schüttelte erneut den Kopf, heftiger diesmal. Nervenenden schrien ihren Protest hinaus. Eine Explosion bunter Lichter gesellte sich zu den weißen Blitzen, die vor ihren Augen flackerten. Aber es hatte funktioniert. Sie konnte wieder klar sehen. Keine Gehirnerschütterung. Ausgezeichnet.

Jetzt stand nur noch ein unglaublich nervender Vampir vor ihr.

Einer, der nicht mehr lange zu leben hatte, wenn es nach Buffy Summers ging.

»Hörst du eigentlich nie auf zu reden?«

»Nun, du wolltest doch wissen, was mit den anderen passiert ist«, protestierte Percy mit gekränkt klingender Stimme. »Wenn du es nicht wissen wolltest, hättest du nicht fragen sollen. Es gibt keinen Grund, unhöflich zu mir zu sein.«

»Sagt Mama das?«, fragte Buffy. Sie machte einen Schritt auf ihn zu. Dann noch einen. Sie hatte die Gasse halb durchquert, als ein jammernder Schrei sie zum Halt brachte.

»Maamaa …«

Zu Buffys Erstaunen tauchte Webster am Anfang der Gasse auf, dicht gefolgt von Angel.

»Wieso kommt ihr zurück?«, fragte die Jägerin.

»Ich schätze, es liegt an dieser Zwillingsbindungskiste«, antwortete Angel, während er und Webster auf sie zurannten.

»Webster, pass auf!«, schrie Percy. Aber es war bereits zu spät. Buffy stellte ihm ein Bein. Webster flog mit flatternder marineblauer Krawatte durch die Luft. Er landete zwischen den Mülleimern gegenüber der Hintertür des Bronze und blieb reglos liegen. Mit einem wütenden Knurren sprang Percy Angel auf den Rücken.

Angel wirbelte herum und warf sich dann mit aller Kraft nach hinten. Diesmal war es Percys Kopf, der dieses liebliche Wassermelonengeräusch hervorbrachte. Angel schmetterte ihn mehrfach gegen die Rückwand des Bronze. Aber Percy hing wie eine Klette an ihm.

»Reserveplan«, rief Buffy. Angel stolperte vorwärts. Buffy nahm Anlauf auf die Wand, stieß sich mit dem Fuß ab, schlug einen Salto, drehte sich in der Luft und stieß mit dem Pflock zu, als sie landete. Er bohrte sich in Percys ungeschützten Rücken.

Vor Schmerz und Wut aufheulend warf er den Kopf zurück. Seine gelben Raubtieraugen richteten sich für den Bruchteil einer Sekunde auf Buffy.

»Mama wird das überhaupt nicht gefallen«, sagte er.

Buffy zog den Pflock heraus, und Percy zerfiel zu Staub.

»Hoffentlich weiß sie, wie man einen Staubwedel benutzt.«

Angel wischte sich den Vampirstaub von den Schultern.

»Oh, tut mir Leid«, sagte Buffy und streckte die Hand aus, um ihm zu helfen.

»Kein Problem«, meinte Angel achselzuckend.

Buffy und Angel wandten sich nun Webster zu, der am Ende der Gasse zwischen den umgekippten Mülltonnen lag. Buffy hoffte nur, dass die Gäste des Bronze in der letzten Zeit keine besonders ekligen Abfälle hineingeworfen hatten. Sie hatte das Gefühl, dass der Jammerlappen Webster nicht aus eigener Kraft dem Müll entsteigen konnte. Das bedeutete, dass sie ihm dorthin folgen musste.

»Ihr habt meinen Bruder umgebracht«, beschwerte sich Webster. Er setzte sich auf und schüttelte den Unrat ab. »Das durftet ihr nicht tun.«

»Wer sagt das?«, fragte Buffy. »*Das Buch der Etikette und feinen Lebensart für junge Vampire?*«

»Ich glaube, du meinst Sterbensart«, warf Angel ein.

»Ich mag dich nicht«, sagte Webster zu ihm.

»Nun, das wird mir jetzt eine schlaflose Nacht bescheren.«

»Keine Sorge«, wandte sich Buffy beruhigend an Angel. »Ich werde nicht zulassen, dass er deine Gefühle verletzt. Ich erledige ihn für dich.«

»Mama!«, kreischte Webster. »Mama, hilf mir! Wo bist du?«

»Webster!«, hörte Buffy eine Stimme aus der Ferne.

Augenblicklich fuhr Angel herum und stellte sich so, dass er und Buffy Rücken an Rücken standen. »Ich bin dafür, diese Runde abzubrechen«, sagte er. »Klingt so, als wäre die Kavallerie im Anmarsch.«

»Hasst du nicht auch mütterliche Einmischungsversuche?«, murmelte Buffy.

Webster erhob sich aus dem Müll wie der Phönix aus der Asche. An seinem Hemd klebte eine Snickers-Riegel-Verpackung, was Buffy passend fand.

»Ihr könnt mich nicht töten«, höhnte Webster. »Jetzt wo meine Mama kommt. Sie wird mich beschützen, das werdet ihr schon sehen. Und sie wird dafür sorgen, dass es euch noch Leid tut, was ihr Percy angetan habt.«

»Webster! Percy!«, drang eine laute Stimme durch die Gasse. »Jungs, wo seid ihr? Ihr wisst, was ich davon halte, wenn ihr euch hinter meinem Rücken davonschleicht. Es gehört sich nicht, eure Mama zu ärgern.«

Buffy spürte, wie sich Angel an ihrem Rücken abrupt verspannte. »Dreh dich bloß nicht um«, warnte er.

»Warum nicht?«

»Weil ich nicht glaube, dass dir gefallen wird, was du dann siehst.«

»Ich bin hier, Mama!«, quiekte Webster. Er machte ein paar zögernde Schritte aus dem Müll und zeigte mit einem zitternden Finger auf Buffy. »Sie hat Percy *getötet*, Mama! Sie hat ihn von hinten erstochen. Sie hat ihm nicht einmal einen ehrenvollen Tod gegönnt.«

Buffy hörte, wie die Vampirmutter tief in ihrer Kehle knurrte, und spürte, wie sich bei dem Laut ihr Magen zusammenzog. Sie hatte dieses Geräusch früher schon gehört. Oft genug, um zu wissen, wie das Böse klang, und dass der Klang immer derselbe war, ganz gleich, in welcher Gestalt das Böse daherkam.

»Unverschämte Göre«, dröhnte die Stimme der Vampirmutter durch die Gasse. »Feigling.«

»Nun, entscheide dich«, rief Buffy zurück. »Was von beidem bin ich nun?«

Die einzige Antwort bestand aus dem Klappern hochhackiger Schuhe, die sich unaufhaltsam näherten.

»Lass meinen Jungen in Ruhe«, zischte die Vampirmutter. »Dann verspreche ich dir, dass ich nett zu dir sein werde. Ich werde dich nur töten.«

»Ich habe es euch ja gesagt«, rief Webster triumphierend. »Meine Mama ist jetzt hier und ihr könnt nicht . . .«

Ohne Vorwarnung öffnete sich die Hintertür des Bronze und eine Gestalt trat schwankend auf die Gasse hinaus. Jemand, der mehr Trankopfer dargebracht hatte, als gut für ihn war, könnte man sagen. Er hielt eine Hand vor den Mund und presste die andere gegen den Bauch.

»Verschwinde!«, schrie Buffy.

Verdutzt hob der junge Mann den Kopf. Im trüben Licht der Gasse sah Buffy, dass seine verquollenen Augen nicht auf sie gerichtet waren, sondern auf einen Punkt irgendwo hinter ihr. Sah, wie seine Augen groß, größer, am größten wurden – und sein Gesicht die Farbe von Kalk annahm.

Er fuhr herum und beugte sich nach vorn. Und gab alles von sich, was er an der Bar konsumiert hatte.

»Iiiih!«, kreischte Webster. »Sieh, was du mit meinen neuen Schuhen gemacht hast!«

Okay, dachte Buffy. Das reicht. Es wird Zeit, dass wir von hier verschwinden.

Sie machte zwei schnelle Schritte, stieß den betrunkenen Jungen zurück ins Bronze und versetzte der Tür einen schwungvollen Tritt, sodass sie hinter ihm zufiel.

Hinter ihr brüllte die Vampirmutter auf. Buffy hörte, wie Knochen gegen Knochen prallten, als sie Angel rammte und wieder zurückwich. Die Vampirin knurrte erneut, diesmal wild und raubtierhaft. Buffy hob den Pflock, den sie noch immer in der Faust hielt, und machte einen weiteren Schritt nach vorn.

»Meine Mama ist direkt hinter dir«, warnte Webster sie nervös, während er zurückwich. Er rutschte auf dem Erbrochenen aus. »Du kannst nicht ...«

Diesmal schnitt ihm Buffy das Wort ab. Sie machte einen letzten Schritt und stieß blitzartig mit dem Pflock zu. Das zugespitzte Holzstück bohrte sich in Websters Brust.

»Wollen wir wetten?«, fragte die Jägerin.

»He!«, entfuhr es Webster. »Du hast es trotzdem getan. Das durftest du nicht.« Dann, wie sein Bruder, zerfiel er zu Staub. Das Snickers-Papier schwebte einen Moment in der Luft, sank dann langsam zu Boden und vereinigte sich mit dem übrigen Müll.

Buffy hörte, wie es hinter ihr in der Gasse totenstill wurde.

Langsam drehte sie sich um und erstarrte dann. Jetzt konnte auch sie die Vampirmutter sehen, die ein Stück weiter die Gasse hinunter hinter Angel stand.

Sie war groß, fast so groß wie Angel, und sie war eindeutig viel breiter als er. Sie trug ein türkisblaues Kleid, das mit riesigen weißen Blumen gemustert war. Sie sahen wie Margeriten aus, aber Buffy konnte es nicht mit Sicherheit sagen.

Was sie wohl erkennen konnte, war, dass die Blumen in der Mitte dieselbe Farbe hatten wie die Augen der Vampirmutter. Ein wildes, grelles Gelb.

Die Haare hatte sie zu einer voluminösen, verdrehten Frisur hoch gesteckt, die von einer riesigen, mit Rheinkieseln besetzten Spange zusammengehalten wurde. Ihre Füße steckten in türkisblauen Schuhen mit Blümchenriemen.

Buffy konnte die Spannung in der Luft so deutlich spüren, als hätte sie sich verstofflicht. Und da war noch etwas anderes. Etwas, das ihr am liebsten alle Gliedmaßen einzeln ausgerissen hätte.

Hass. Schlichter, einfacher, purer Hass.

Angel hat Recht, dachte Buffy. Das gefällt mir nicht. Überhaupt nicht.

Angel durchbrach die spannungsgeladene Stille.

»Ich habe kein gutes Gefühl bei der Sache.«

Buffy öffnete den Mund, um zu antworten, aber sie bekam nicht einmal die Chance dazu. Die Vampirmutter warf ihren Kopf zurück und riss das Maul auf. Ein wildes Klaggeschrei erfüllte die Luft.

Angel wich stolpernd zurück und zog Buffy an sich, als wollte er sie vor dem Kreischen schützen, das sie kalt und beißend wie ein Winterwind umtoste. Suchend. Lauernd. Auf ihre Vernichtung erpicht.

Buffy hatte gewusst, dass das Böse einen Klang hatte, eine Stimme, dasselbe traf auf die Trauer zu. Nur hatte sie bis zu diesem Moment nicht gewusst, dass beides mit einer Stimme sprechen konnte.

Das Kreischen setzte sich endlos fort, bis es völlig von Buffy Besitz ergriffen hatte. Ihre Sinne waren wie betäubt, erfüllt von dem höllischen Klang, der durch die Jahrhunderte hallen würde, selbst dann noch, wenn die Hölle gefror.

Buffy wollte sich die Ohren zuhalten, aber sie zwang sich, es nicht zu tun. Wenn sie dem Drang nachgab, diesen Lärm auszusperren, würde dies der Vampirmutter einen Vorteil verschaffen, davon war sie überzeugt.

Dann, so abrupt, wie es begonnen hatte, hörte das Kreischen wieder auf. Stille trat ein. So rein und allumfassend, dass Buffy das Rauschen des Blutes in ihren Adern hören konnte. Jeden einzelnen ihrer Atemzüge. Ihr Herz, das laut hämmerte.

Ich lebe, dachte sie. Ich bin ein Mensch. Die Kreatur vor ihr mochte in der Lage sein, ein Kreischen von sich zu geben, das wild und grimmig genug war, um Tote zu wecken, was nicht weiter abwegig war. Schließlich war sie tot.

Dann sah Buffy, wie die Vampirmutter einen Schritt nach vorn trat.

»Uh, oh«, machte Angel an ihrer Seite.

»Ich bin ganz deiner Meinung«, stimmte Buffy zu. »Die Blumen auf ihrem Kleid sind definitiv eine Nummer zu groß«.

»Ihr habt meine Jungs getötet«, zischte die Vampmutter durch ihre spitzen Zähne. »Und jetzt werdet ihr dafür bezahlen.«

Joyce Summers saß in ihrem Wohnzimmer und hatte Fotos von ihrer Tochter vor sich ausgebreitet.

Buffys erste Jahre waren bereits in dem Fotoalbum verewigt. Buffy als Säugling, als Kleinkind, im Kindergarten. Fotos von ihrer Einschulung.

Als Nächstes hatte Joyce das Bild ausgewählt, das Buffy auf ihrem ersten Dreirad in der Auffahrt ihres Hauses in Los Angeles zeigte, während ihr Vater neben ihr kniete, mit einer Hand am Lenker des Dreirads.

Und dann kam das Foto, wie sie nackt in der Badewanne sitzt, umgeben von Bergen aus ätherisch weißem Schaum, und ihre Gummiente so stolz in die Kamera hält, als hätte sie gerade einen Oscar gewonnen.

Dann kam eins von einer Geburtstagsparty, das einen Kuchen mit einer echten Puppe in der Mitte zeigte. Der Kuchen selbst war das Kleid der Puppe. Joyce hatte den ganzen Morgen gebraucht, um die Cremedekoration herzurichten. Und Buffy und ihre Freundinnen hatten in fünf Minuten alles zerstört.

Die Puppe hatte Buffy noch immer.

Sie hatte zu den Dingen gehört, die sie unbedingt selbst einpacken wollte, als sie von L.A. nach Sunnydale gezogen waren. Zusammen mit ihrem Plüschschwein Mr. Gordo.

Joyce blätterte zur nächsten leeren Seite und starrte die Fotos an, die vor ihr auf dem Couchtisch lagen. Sie überlegte einen Moment und entschied sich dann für eine Aufnahme von Buffy mit ihrer Lieblingskusine Celia. Es war eins der wenigen Fotos, die sie von den beiden zusammen hatte. Celia war im Alter von acht Jahren gestorben.

Die beiden Mädchen hatten sich die Arme um die Schultern gelegt. Celia trug Jeans und ein T-Shirt. Normale Kinderkleidung. Aber Buffy trug ihr Power-Girl-Kostüm. Sie hatte sich so in diese Rolle hineingesteigert, dass sie das Kostüm gar nicht mehr ausziehen wollte.

Zum Waschen konnte ich es ihr nur ausziehen, während sie schlief, erinnerte sich Joyce.

Sie legte das Foto auf die Seite und wählte schnell ein anderes aus, das Buffy mit ihrem Vater zeigte. Buffy trug ein rosa Rüschenkleid, Strumpfhosen und weiße Lackschuhe mit passender Handtasche. Sie hatte die Lippen zu einem Lächeln verzogen, weil die Kamera auf sie gerichtet war. Aus ihren Augen sprach jedoch nur Traurigkeit.

Das war Buffys achter Geburtstag, als sie keine Party wollte, weil Celia nicht dabei sein konnte. Celia würde nie wieder eine von Buffys Partys besuchen. Sie war tot; sie war fort. Um Buffy aufzuheitern, hatte ihr Vater sie zum ersten Mal mit zum Schlittschuhlaufen genommen.

Unter das Geburtstagsfoto klebte Joyce eine Aufnahme, die ein paar Monate später entstanden war. Buffy hielt ihr erstes Paar Schlittschuhe in den Händen. Ihre Augen waren noch immer von dunklen Ringen umschattet, aber diesmal lächelte sie.

Joyce strich das Foto glatt und schlug das Album zu. Plötzlich glitzerten Tränen in ihren Augen.

Wie hatte es bloß dazu kommen können?, fragte sie sich.

Wieso war ihre Tochter nur so schnell groß geworden? Zu etwas herangewachsen, das keiner von ihnen geahnt, geschweige denn gewollt hatte. Joyce wusste, dass das, was Buffy war, was sie tat, von ungeheurer Wichtigkeit war. Etwas, das außer ihr niemand tun konnte.

Aber selbst die Wahl zu treffen, war etwas anderes, als auserwählt zu werden.

Nun, Buffy war es nicht vergönnt gewesen, ihre eigene Wahl zu treffen. Sie war die Auserwählte, die Jägerin. Alles andere war zweitrangig. Und die Tatsache, dass ihre Mutter in manchen Momenten um all die Dinge trauerte, die Buffy nie sein konnte, änderte nichts daran. Was Joyce wollte, wofür sich Buffy vielleicht entschieden hätte, war nicht länger von Bedeutung.

Abrupt schob Joyce das Fotoalbum von ihrem Schoß und ging in die Küche. Sie öffnete den Kühlschrank. Sie hatte es sich schon gedacht. Buffy hatte das Eis aufgegessen und ihr nichts davon gesagt. Wenn Joyce Eis haben wollte, musste sie in den Laden gehen.

Ganz plötzlich hatte sie Appetit auf etwas Süßes. Etwas Kaltes. Irgendetwas, das diesen heißen, trockenen Schmerz aus ihrer Kehle vertreiben konnte. Sie liebte ihre Tochter. Sie bemühte sich, das zu akzeptieren, was sie war. Aber es gab Zeiten, stille Nächte wie diese, in denen es ihr sehr, sehr schwer fiel.

Joyce kehrte entschlossen ins Wohnzimmer zurück, streifte ihre Hausschuhe ab und schlüpfte in ihre Straßenschuhe. Sie würde nicht zu Hause herumsitzen und über Dinge brüten, die sie nicht ändern oder verhindern konnte. Sie war aus härterem Holz geschnitzt, genau wie ihre Tochter.

Außerdem wollte sie Buffy mit dem Fotoalbum eine Freude machen, nicht wahr? Natürlich wollte sie das.

Aber dann, mit einer Hand an der Türklinke, blieb Joyce Summers, die Mutter der Jägerin, stehen. Und gab das Stoßgebet von sich, das abertausend Mütter in abertausend Nächten in jeder nur vorstellbaren Sprache von sich gegeben hatten. Wenn auch keine mit solchem Nachdruck, mit solcher Berechtigung wie Joyce.

Bitte, dachte sie. Lass meinem Kind nichts zustoßen.

Was immer Buffy gerade machte. Wo immer sie auch war.

6

»Irgendwelche Vorschläge?«, fragte Buffy.

»Tut mir Leid«, sagte Angel. »Die sind mir gerade ausgegangen.«

»Wir könnten eine Münze werfen«, meinte Buffy. »Bei Kopf kämpfen wir. Bei Zahl kämpfen wir.«

»Okay, wir kämpfen.«

»Ich wusste, dass du das sagen würdest.«

Die Vampirmutter hob ihre Arme, entblößte ein paar Zentimeter ihres weißen, spitzenbesetzten Slips und ein Stück ihrer Strumpfhose. Buffy konnte ein Schaudern nicht unterdrücken.

Sie hatte früher schon mit Dingen zu tun gehabt, die ihr den Magen umdrehten, aber sie hatte sich nie vorstellen können, dass auch die Mom von jemand dazu gehören würde. Und vor allem keine Mom, die ein in der Dunkelheit leuchtendes türkisblaues, mit Margeriten von Tellergröße gemustertes Kleid trug. Und die sich mit Rheinkieseln schmückte.

Sie nahm an, dass es stimmte, was man sagte. Wer auch immer »man« war. Es gab für alles ein erstes Mal.

Buffy und Angel standen Seite an Seite mit dem Rücken zur Hintertür des Bronze. Buffy spürte, wie das Adrenalin durch ihre Adern schoss.

»Diesmal zähle ich.«

Aber bevor sie auch nur anfangen konnte, warf die Vampirmutter ihren Kopf zurück und gab ein weiteres ohrenbetäubendes, an- und abschwellendes Heulen von sich. Sie griff in ihr Haar und löste es, sodass es als verfilzte, struppige Masse um ihre Schultern wogte. Sie zerkratzte sich mit den Fingernägeln die Wangen. Zerriss ihre Kleidung.

Dann, Schritt für Schritt, näherte sie sich Buffy und Angel. Augenblicklich, wie auf ein lautloses Signal hin, wichen die beiden auseinander. Es war schwerer, zwei bewegliche Ziele zu bekämpfen als eins. Buffy musste nicht einmal die Jägerin sein, um das zu wissen.

Die Vampirmutter gab ein kehliges Lachen von sich.

»Ihr denkt, dass ich gegen euch kämpfen werde, nicht wahr?«, fragte sie mit vor Hohn triefender Stimme. »Ihr denkt, dass ich die Chance vertun werde, den Tod meiner Söhne zu rächen, indem ich versuche, allein mit euch fertig zu werden.«

Die Vampirmutter blieb stehen und verzog das Gesicht zu einem grausigen Lächeln.

»Okay, jetzt habe *ich* ein ungutes Gefühl bei der Sache«, sagte Buffy.

»Das solltest du auch, Mädchen«, meinte die Vampirmutter. »Ich werde dafür sorgen, dass du dir wünschst, nie geboren zu sein.«

Erneut warf die Vampirmutter ihren Kopf zurück.

»Vergeltung«, schrie sie mit rauer, verzerrter Stimme. »Mächte der Unterwelt, Mächte der Finsternis, erhört meinen Ruf. Erhört den Schrei einer Mutter, die um Vergeltung fleht. Verschafft mir Gerechtigkeit! Erhebt euch und rächt den Tod meiner Söhne!«

Wie als Antwort grollte über ihren Köpfen, am klaren Nachthimmel, ein Donnerschlag.

»Ich kann es ganz und gar nicht leiden, wenn sie Verstärkung herbeirufen«, sagte Angel.

»Ich schlage vor, wir erledigen sie, bevor noch mehr von ihrer Sorte auftauchen«, meinte Buffy.

Buffy glitt einen Schritt nach vorn. Die Vampirmutter senkte den Kopf und sah ihr direkt in die Augen.

»Mach dich bereit«, sagte sie. »Dein Ende naht.«

»Du meinst wohl, es steht kurz bevor«, konterte Buffy. »Nur dass du dich vertan hast. Es geht um *dein* Ende. Durch meine Hand.«

Sie hob den Pflock, doch in diesem Moment pfiff ein eisiger Windstoß durch die Gasse. So stark, dass er ihren Vormarsch stoppte und sie dann zurücktrieb. Buffy hob die Hände, um ihre Augen vor dem heulenden, schneidenden Wind zu schützen. Sie glaubte zu hören, wie Angel ihren Namen schrie, aber sie war sich nicht sicher. Der Sturm übertönte alles.

Dann, so schnell, wie er gekommen war, ließ der plötzliche Wind wieder nach. Die Luft um Buffy war absolut still, schwer wie Blei. Dann begann sie zu flimmern, als hätte sich das Pflaster der Gasse in eine riesige heiße Herdplatte verwandelt. Dünne Nebelschwaden stiegen auf, Tentakeln gleich. Roter Nebel, der die Farbe von Schwefel hatte.

Höllenfeuer.

»Warum habe ich nur das Gefühl, dass heute nicht meine Nacht ist?«, murmelte Buffy.

Plötzlich explodierte die Luft vor ihr und eine Gestalt erschien.

Eine Frau. Hoch gewachsen. Majestätisch. Riesig. So groß, dass alle anderen in der Gasse, die Vampirmutter eingeschlossen, neben ihr wie Zwerge wirkten.

Am Ende der Säule, die ihr Hals war, saßen vier Gesichter. Oder zumindest nahm Buffy an, dass es vier waren. Sie konnte in Wirklichkeit nur drei sehen, jenes, das sie anstarrte, und die beiden, die den Gassenwänden zugewandt waren. Aber wenn jemand Augen am Hinterkopf hatte, dann diese Gestalt.

Irgendwo in Buffys Nähe erklang Angels Stimme. »Dies ist dann wohl der Grund dafür, dass heute nicht deine Nacht ist, würde ich mal vermuten.«

»Der Kandidat hat 100 Punkte«, sagte Buffy. »Äh – ich nehme an, das hier ist niemand, den du kennst?«

»Tut mir Leid«, erwiderte Angel. »Niemand aus meiner Nachbarschaft.«

Die Haut der Frau war von einem seltsamen, stumpfen Grau, eine Farbe, die Buffy vorher nur einmal gesehen hatte. Auf Fotos von der Landschaft rund um den Vulkan St. Helens kurz nach dessen Ausbruch.

Eine Farbe, die keine Farbe war. Das einzig Lebendige inmitten der öden Landschaft dieser Aschegesichter waren die Augen, vier rot glühende Augenpaare.

»Ich bin Nemesis«, sagte die Gestalt mit allen vier Mündern gleichzeitig. Nur der Tonfall variierte, um Nuancen, die sich scharf voneinander abgrenzten, um dann wieder miteinander zu verschmelzen. Als würde jede Stimme eine leicht veränderte Version derselben Geschichte erzählen. Buffy spürte die Macht der Stimmen bis ins Mark ihrer Knochen.

»Nemesis«, wiederholte die Gestalt, »die ausgleichende Gerechtigkeit. Warum wurde ich heraufbeschworen?«

»Um großes Unrecht zu rächen«, schrie die Vampirmutter heiser und warf sich der riesigen Gestalt zu Füßen. »Meine prachtvollen

Jungs, meine Schätzchen, sind ermordet, massakriert worden. Ich flehe die Mächte der Finsternis an, ihren Tod zu rächen.«

»Ich habe eine bessere Idee«, sagte Buffy. »Warum gesellst du dich nicht einfach zu ihnen?«

Sie trat einen Schritt vor. Doch bevor sie den nächsten machen konnte, hob Nemesis eine Hand. Wieder heulte der eisige Wind durch die Gasse. Buffy spürte, wie er messergleich in ihre Haut schnitt. Sie wich einen Schritt zurück, und der Wind ließ nach.

»Okay«, keuchte sie. »Ich hab's kapiert. Im Moment wird nicht gepfählt. Aber dann ist es wohl nicht zu viel verlangt, wenn ich erst mal ein paar Dinge klarstelle.«

Sie deutete auf die kniende Frau in dem türkisfarbenen Kleid. »Sie ist eine Vampirin. Ihre wundervollen Jungs waren Vampire. Also gehören sie zu den Bösen. Ich bin die Jägerin. Ich jage Vampire und erledige sie. Somit gehöre ich zu den Guten.«

»Das behauptest du«, erwiderte Nemesis. Buffy bemerkte, wie die auf sie gerichteten roten Augen kurz zu Angel wanderten und dann wieder zu ihr zurückkehrten. »Aber wie ich sehe, gehst du mit einem Vampir auf die Jagd.«

Woher weiß sie das?, fragte sich Buffy. Angel trug nicht länger sein Vampirgesicht. Und dennoch war er als eingetragenes Mitglied der Mächte der Finsternis entlarvt worden. Offenbar musste man ebenfalls zu dem Verein gehören, um derartige Dinge zu erkennen.

»Er ist anders«, stellte Buffy klar, von dem Verlangen erfüllt, Angel zu beschützen. Es war dies der atavistische Drang, den eigenen Partner zu verteidigen. Buffy hatte schon vor langer Zeit aufgehört, ihre Motive zu hinterfragen. Es war, wie es war.

Das Feuer in Nemesis' roten Augen leuchtete heller. Buffy hätte schwören können, dass es Belustigung war, was in ihnen aufleuchtete als sie Angel von Kopf bis Fuß musterten.

»Ich kann sehen, dass er anders ist«, sagte Nemesis schließlich. »Das also ist der Verfluchte.«

»Ich hasse es, in der Öffentlichkeit erkannt zu werden«, meinte Angel. »Was ist passiert? Ziert mein Foto etwa die Titelseite der *Unterwelt Gazette?*«

Nemesis zuckte die Schultern. »So etwas spricht sich herum. Es ist schließlich eine kleine Unterwelt. Obwohl ich zugeben muss, dass mich dein Fall schon immer persönlich interessiert hat. Als die Zigeu ner dich verfluchten, statt dich zu töten, haben sie genau die richtige Entscheidung getroffen. Sag mir, was ist das für ein Gefühl, das zu sein, was du bist, und eine Seele zu haben?«

»Du als Expertin für Ausgewogenes müsstest das doch am besten wissen«, entgegnete Angel knapp.

»Ich unterbreche wirklich nur ungern«, warf Buffy ein, »aber meint ihr nicht auch, dass wir Wichtigeres zu tun haben?«

»Tut mir Leid«, murmelte Angel.

»Wir sind also einer Meinung, richtig?«, fragte Buffy Nemesis. »Vampirjägerin – gut. Vampire – schlecht. Vergeltung – total unnötig. Völlig überflüssig. Also hältst du dich am besten aus der Sache raus. Ich pfähle Mama, und dann können wir alle nach Hause gehen, um uns gemütlich die ›Late Show‹ anzusehen.«

»Nein!«, schrie die Vampirmutter und sprang auf. »Ich verlange . . .«

»Schweig!«, donnerte Nemesis. Die Vampirmutter schloss den Mund und knirschte mit den Zähnen. »Du hast mich gerufen. Ich bin gekommen. Du wirst keine weiteren Forderungen stellen. Ich werde entscheiden, was getan werden muss.«

»Aber . . .«, begann Buffy.

»Schweig!«, donnerte Nemesis erneut. »Glaubst du, die Dinge sind so einfach, törichte Sterbliche?«

Hatten sich früher die Jägerinnen ebenfalls mit Frage-Antwort-Spielen aus dem Stegreif herumschlagen müssen?, fragte sich Buffy. Oder gab es so etwas nur in der modernen Welt?

Nicht vergessen: Giles fragen.

»Das ist eine Fangfrage, nicht wahr?«, erwiderte sie.

Nemesis lächelte.

»Diese Kreatur hat um Vergeltung gebeten, um Rache«, sagte sie und wies auf die Vampirmutter. »Sie rief die Mächte der Finsternis, der Unterwelt zu Hilfe, und ich bin das, was sie heraufbeschworen hat. Erwartest du, dass ich auf deiner Seite stehe?«

»Da hat sie nicht ganz Unrecht«, bemerkte Angel.

»Ich wusste, dass du das sagen würdest«, murmelte Buffy.

»Hört«, rief Nemesis. »Hört, was Nemesis entschieden hat.«

Sie deutete auf die Jägerin.

»Du musst dich einer Prüfung unterziehen. Wenn du sie bestehst, wird dir nichts geschehen. Und zwar musst du den Beweis antreten, dass deine Taten ausgewogen waren und der Gerechtigkeit gedient haben. Sollte dir dies gelingen, wird der Ruf nach Rache nicht erhört werden. Aber wenn du versagst ...«

»Wenn sie versagt«, wiederholte die Vampirmutter genüsslich. Sie richtete ihre gelben Augen auf Buffy. »Wenn sie versagt, gehört sie mir – Jägerin hin oder her.«

»Bist du mit diesen Bedingungen einverstanden?«, fragte Nemesis.

»Ich bin einverstanden«, nickte die Vampirmutter.

Nemesis klatschte in die Hände. »Der Pakt ist geschlossen«, erklärte sie.

»Einen Moment!«, protestierte Buffy. »Habe ich in dieser Sache nichts zu sagen?«

»Denk doch mal nach«, entgegnete Nemesis. »Du bist es, die geprüft wird.«

»Denk selber nach«, fauchte Buffy. »Ich werde mich nicht deiner blöden Prüfung unterziehen.«

»Irgendwie wusste ich, dass du so reagieren würdest«, antwortete Nemesis. »Habe ich schon erwähnt, dass unser Prüfungsangebot einen speziellen Anreiz hat? Erlaube mir, ihn dir vorzuführen.«

Sie klatschte erneut in die Hände. Es gab einen Blitz aus heißem, roten Licht, so grell, dass Buffy die Hände hob, um ihre Augen zu schützen.

Als sie wieder klar sehen konnte, stand Joyce in der Gasse.

»*Mom?*«

Joyce Summers sah verwirrt aus, desorientiert. Was auch kein Wunder war. Sie trug dieselbe Jogginghose, die sie angehabt hatte, als Buffy sie früher am Abend verlassen hatte. Zu Hause. Wo sie sicher war.

Oder auch nicht.

Joyce blinzelte, als könnte sie ihre Umgebung nicht deutlich erkennen. Sie hatte ihre Handtasche dabei, stellte Buffy fest. Als hätte sie sich entschlossen, einen nächtlichen Einkauf zu tätigen.

Wahrscheinlich wollte sie Eis holen, dachte Buffy schuldbewusst. Sie hatte das letzte Eis gegessen und nicht daran gedacht, es auf die Einkaufsliste zu setzen.

Dann bemerkte sie, dass ihre Mutter ihre Handtasche an die Brust drückte, als wäre sie eine Rettungsweste.

Buffy spürte, wie etwas in ihr hochstieg. Im Doppelpack. Wut und Entsetzen. Sie kämpfte um ihre Selbstbeherrschung. Wenn es eine Situation gab, in der sie einen kühlen Kopf bewahren musste, dann diese.

Die Mächte der Finsternis haben meine Mom entführt.

»Buffy, Schätzchen, bist du das?«, fragte Joyce mit einem kaum merklichen Beben in der Stimme, als sie in die Richtung starrte, aus der Buffys Stimme drang. »Liebling, was geht hier vor?«

»Ich denke, du bist jetzt mit allem einverstanden, nicht wahr?«, sagte Nemesis. »Wir werden die Prüfung durchführen.«

»Warte!«, rief Buffy verzweifelt. »Wohin bringst du sie? Was hast du mit meiner Mom gemacht?«

»Wenn du die Prüfung bestehst, wirst du es erfahren«, erklärte Nemesis. »Du hast eine Stunde, um dich vorzubereiten. Bring keine Waffen mit.«

Ihre roten Augen wanderten kurz zu Angel. »Komm allein. Bestimme den Ort der Prüfung«, wies Nemesis die Vampirmutter an.

Die Vampirmutter trat vor und hielt Buffy eine ausgestreckte Hand hin. Darin lag eine kunstvoll verzierte Visitenkarte.

Buffy nahm die Karte. Las die Adresse.

»Zweitausend Elysian Fields Lane? Du machst wohl Witze.«

Die Vampirmutter grinste nur. »Unter den gegebenen Umständen erscheint die Adresse in einem etwas anderen Licht, nicht wahr? Sei pünktlich, Jägerin. Wenn du scheiterst, was so gut wie fest steht, werde ich zur Stelle sein, um deine Überreste aufzusammeln.«

»Genug!«, donnerte Nemesis.

Sie klatschte zum vierten Mal in die Hände. Dichter roter Nebel verschluckte die Gasse. Als er sich verzog, waren Buffy und Angel allein.

»Wir haben nicht viel Zeit«, sagte Angel sofort. »Wir sollten gehen.«

Buffy stand wie angewurzelt da. Angel trat zu ihr und legte ihr eine Hand auf die Schulter.

»Buffy?«

Als hätte seine Berührung einen Bann gebrochen, fuhr Buffy zusammen, um gleich darauf in Aktion zu treten.

»Du kannst nicht mitkommen, Angel«, sagte sie, als sie zum Ausgang der Gasse lief. »Du hast gehört, was dieses viergesichtige Ungetüm gesagt hat. Ich muss allein gehen.«

Angel rannte ihr hinterher und brachte Buffy zum Halt, indem er sie am Arm festhielt.

»Du kannst nicht dorthin gehen, solange wir nicht genau wissen, mit was du es zu tun hast«, sagte er eindringlich. »Wir sollten Giles suchen.«

Buffy schüttelte seine Hand ab und wünschte, sie könnte ebenso leicht den Drang abschütteln, zu schreien und zu weinen.

Die Mächte der Finsternis haben meine Mom entführt.

Und sie hatten kein Recht dazu, nicht das geringste. Aber natürlich hatte ein derart nebensächlicher Aspekt sie nicht davon abgehalten.

»Ich habe keine Zeit für Giles. Ich mag ja bei diesem dummen Spiel mitmachen müssen, aber ich sehe keinen Grund, mich an die Regeln anderer zu halten. Ich werde keine Stunde warten, Angel. Ich werde *sofort* dorthin gehen. Vielleicht kann ich sie so überrumpeln.«

Sie wollte nicht warten. Konnte nicht warten.

Die Mächte der Finsternis haben meine Mom entführt.

Angel packte sie an den Schultern und schüttelte sie.

»Ich weiß, wie du dich fühlst«, sagte er. »Ich verstehe, dass du deine Mom unbedingt retten willst. Aber du hast gehört, was Nemesis gesagt hat, Buffy. Du kannst keine Waffen mitnehmen. Informationen sind möglicherweise dein einziger Vorteil. Wenn du hingehst, ohne dich vorher informiert zu haben, bist du wirklich waffenlos.«

Buffy öffnete den Mund, um ihn anzufahren, ihm zu widersprechen. Wie konnte Angel verstehen, dass sie ihre Mutter retten musste? Er hatte schließlich seine eigene Mom umgebracht.

Im nächsten Moment wurde sie von heißer, überwältigender Scham gepackt. Was hatte Nemesis ihn gefragt? ›Was ist das für ein Gefühl, ein Vampir zu sein und eine Seele zu haben?‹

Das ist etwas, das ich mir nicht vorstellen kann, dachte Buffy. Aber sie wusste jetzt, dass er Recht und sie Unrecht hatte. Wenn es überhaupt jemand gab, der ihren Schmerz nachempfinden konnte, dann Angel. Um siegen zu können, musste sie wissen, was sie erwartete.

Für einen kurzen Moment lehnte sich Buffy an ihn und legte ihren Kopf an seine Brust. Wenn er ein Mensch gewesen wäre, hätte sie jetzt seinen Herzschlag gehört.

Sie spürte, wie Angels Finger kurz durch ihr Haar strichen.

»Die Uhr läuft«, flüsterte er. »Lass uns gehen.«

7

Allein in dem weißen Haus auf dem Hügel, ging die Vampirmutter in der Porträtgalerie auf und ab und trauerte um ihre geliebten kleinen Jungs.

Sie hatte die Haare wieder hoch gesteckt und diesmal unter einem schwarzen Käppi verborgen. Dazu trug sie ein schlichtes schwarzes Kleid. An ihrem üppigen Busen hing eine einreihige Kette aus milchweißen Perlen. Ihre Füße steckten in flachen Lackschuhen. Schwarze Handschuhe mit Perlenknöpfen am Gelenk umschmiegten ihre Hände. In den Armen hielt sie einen Strauß langstieliger, blutroter Rosen.

Es war wichtig, auf die äußere Erscheinung zu achten, selbst in einer Zeit der Trauer.

Eine wahre Lady verlor nie die Kontrolle, gab nie ihren Gefühlen nach. Die Mörder ihrer Söhne hatten die Vampirmutter schon einmal dazu gebracht, die Beherrschung zu verlieren, was sie normalerweise als höchst unschicklich empfunden hätte.

Unter diesen Umständen jedoch hatte sie durch ihren Ausbruch Nemesis heraufbeschworen. Nemesis, die Ausgleicherin, die Rachebringerin. Jene, die den Tod ihrer Söhne vergelten würde.

Sofern nicht das Undenkbare geschieht und die mörderische Schlampe die Prüfung besteht.

Die Vampirmutter schauderte, als sie die Galerie der Länge nach durchmaß. Ihre Absätze klapperten auf dem kalten, weißen Marmor, bis sie schließlich vor dem lebensgroßen Porträt ihres Gemahls zum Stehen kam. Er blickte auf sie herab, streng und stolz. Aber zum ersten Mal seit über hundert Jahren konnte sie es nicht über sich bringen, seinen Blick zu erwidern.

Sie hatte ihn enttäuscht. Sich selbst enttäuscht. Sie hatte versagt, ihre Pflichten vernachlässigt. Sie hatte ihre Söhne nicht beschützt.

Mit einem erstickten Schrei sank die Vampirmutter vor dem Porträt ihres vor langer Zeit verstorbenen Gatten auf die Knie. Ihre Finger zerdrückten die Blumen, die sie in den Armen hielt. Ein Schauer aus Blütenblättern regnete auf den Marmor, bis sie in einem Meer aus rotem Rosenblut kniete.

Und dort, auf den Knien, stellte sie sich ihrer neuen Pflicht. Schwor einen neuen Eid.

»Ich schwöre dir, dass unsere Söhne gerächt werden«, versprach sie mit rauer, erstickter Stimme. »Ich werde dafür sorgen, dass ihre Mörderin für ihre Untat bezahlt. Hier, in diesem Haus, wird sie ihrer Prüfung unterzogen werden.«

Nemesis würde die Mörderin zu ihr bringen. Sie hatte dafür gesorgt. So wie sie auch noch für etwas anderes sorgen würde.

»Ob sie die Prüfung nun besteht oder nicht, wird keinen Unterschied machen«, versprach die Vampirmutter ihrem verschiedenen Gatten, während sie es endlich wagte, ihm in die Augen zu sehen.

»Sobald die Mörderin unserer Söhne diese Schwelle überschritten hat, werde ich dafür sorgen, dass sie unser Haus nicht mehr verlässt. Lebend.«

»Kommen Sie, Giles. Ich habe nicht viel Zeit.«

Buffy ging in der Bibliothek der Sunnydale High nervös auf und ab. Seit sie angekommen war, hatte sie nicht still sitzen können. Angel hatte es übernommen, auf Patrouille zu gehen und ein paar Informanten aufzusuchen, die möglicherweise mehr über Mama Vamp wussten.

Buffy hatte Giles an seinem Schreibtisch angetroffen, in die Arbeit vertieft, wie nicht anders zu erwarten. Giles schien die meiste Zeit mit seinen Büchern zu verbringen.

Und wenn dies kein eindeutiges Zeichen dafür war, dass das Leben an ihrem Wächter vorbeiging, was dann? Buffy mochte Bücher. Bücher waren gut, zur richtigen Zeit am richtigen Ort. Aber definitiv nicht an einem Samstagabend.

Dennoch musste sie zugeben, dass Giles' Faszination für düstere, staubige Wälzer, für alle großen und kleinen Nachschlagewerke gelegentlich recht hilfreich war.

Wie zum Beispiel jetzt.

»Gib mir noch einen Moment Zeit«, bat Giles, während er eine Stelle in dem vor ihm liegenden Buch markierte. Er blickte auf, nahm seine Brille ab und wischte sich mit einem Tweedärmel den Schweiß von der Stirn.

»Buffy«, sagte er in einem Tonfall, der sowohl Mitgefühl als auch Ärger über ihr Verhalten verriet, »ich wünschte, du würdest dich hinsetzen. Du verschwendest nur deine Energie, wenn du weiter herumläufst.«

»Genau«, stimmte Xander zu. »Ganz davon zu schweigen, dass du diese unansehnlichen Streifen auf dem Boden hinterlässt.«

Wenigstens eins hat geklappt, dachte Buffy, als sie sich seufzend auf einen Stuhl sinken ließ. Die Gang hatte sich bereits in der Bibliothek eingefunden. Was bedeutete, dass Buffy keine kostbare Zeit damit verschwenden musste, sie aufzuspüren.

Zeit, die sie im Moment auch nicht hatte.

Die anderen waren kurz nach Buffy eingetroffen. Mit ein paar knappen Worten hatte sie sich vergewissert, dass die Gang ihre Mission erfüllt hatte: Suz Tompkins war sicher zu Hause angekommen.

Buffy sagte sich, dass sie ebenfalls ihre Mission erfüllt hatte. Sie hatte die Kerle erledigt, die hinter Suz her und für das Verschwinden von Leila und Heidi verantwortlich waren. Bloß Pech, dass sie sich jetzt nicht auf ihren Lorbeeren ausruhen konnte.

Sie hörte von beiden Seiten der Bibliothek das Rascheln beim Umblättern der Bücher, in denen Willow und Giles nach Hinweisen forschten. Wie gewöhnlich hatte Giles die Gang mit Arbeit eingedeckt, sobald er erfahren hatte, dass es ein Problem gab. Willow hatte die Aufgabe, nach Informationen über Nemesis zu suchen, während Giles Daten über die Vampirmutter und ihre Jungs sammelte.

Oz half Willow; er hatte die Bücher geholt, um die sie gebeten hatte, und auf ihrem Tisch zu zwei großen Stapeln aufgetürmt. Auch Xander hatte eine Aufgabe – sich im Hintergrund zu halten und nicht zu stören.

Buffy wusste nicht, um was für ein Buch es sich handelte, in das Giles so vertieft war, aber sie war ziemlich sicher, dass es einen ellenlangen Titel hatte, etwa in dem Stil wie *Amerikanische Vampire des neunzehnten Jahrhunderts: Eine historische Retrospektive und Chronologie*.

Giles hoffte, dass die Informationen über die Vamps, die Buffy gepfählt hatte, ihnen einen Hinweis auf die Art der bevorstehenden

73

Prüfung liefern würde. Wie gewöhnlich ließ Giles nichts unversucht. Buffy schätzte seine Gründlichkeit. Sehr sogar. Sie wünschte nur, er würde schneller machen.

Sie löste das Zopfband von ihren Haaren und machte kreisende Bewegungen mit dem Kopf, um die Verspannungen in ihrem Nacken abzubauen. Dabei warf sie einen verstohlenen Blick auf die Bibliotheksuhr. 23:23 Uhr. Seit sie erfahren hatte, dass sie sich einer Prüfung unterziehen musste, um ihre Mutter zu retten, war eine knappe halbe Stunde vergangen.

Es kam ihr vor wie eine Ewigkeit.

Buffy trommelte mit dem Fuß auf den Boden und versuchte nicht daran zu denken, wie Joyce in der Gasse hinter dem Bronze ausgesehen hatte. Wie sie ihre Handtasche an die Brust gepresst hatte, als könnte sie sie beschützen.

Verängstigt. Verloren. Allein.

Buffy wusste, wie es war, sich so zu fühlen. Sie wollte nicht, dass ihre Mom so etwas durchmachen musste. Es genügte, wenn eine Summers in der Familie in scheinbar aussichtslose Lagen geriet.

»Ich bin fertig«, sagte Giles plötzlich. »Ich glaube, ich habe etwas gefunden, auch wenn meine Nachforschungen recht unbefriedigend verlaufen sind, wie ich mit Bedauern einräumen muss. Es gibt Lücken in den Aufzeichnungen, aber das ist ja nichts Neues.«

Buffy biss sich auf die Innenseite ihrer Wange, um ihre Ungeduld zu zügeln. »Sagen Sie mir einfach, was Sie herausgefunden haben, Giles.«

»Ich bin auf einen Hinweis auf eine ganze Familie von Konföderierten gestoßen, die verwandelt wurde«, erklärte Giles und hob das Nachschlagewerk, in dem er geblättert hatte. »Laut diesem Buch ist es im Jahr 1864 geschehen, kurz vor dem Ende des Bürgerkriegs. Während des Falls von Atlanta, oder kurz danach. Der Name der Familie war Walker.«

»Moment, Moment«, warf Xander ein. »Wollen Sie damit sagen, dass ein Kerl namens Rhett Butler darin verwickelt war?«

Giles legte das Buch auf den Tisch.

»Obwohl ich dir unter normalen Umständen in diesem Moment ein Lob dafür ausgesprochen hätte, dass du tatsächlich eine literarische Anspielung gemacht hast, Xander, kann ich ...«

»Was für eine literarische Anspielung?«, unterbrach Xander verdutzt. »Ich spreche von einem Film – Sie wissen schon – *Vom Winde verweht*.«

»Xander«, meldete sich Willow zum ersten Mal zu Wort. »Erinnerst du dich noch an das erste Schuljahr? In der Bibliothek muss man still sein.«

»Nun ja, um zum Thema zurückzukehren«, fuhr Giles fort. »Wie es scheint, war Mr. Walker ein Offizier in der Konföderierten Armee. Wie er zu einem Vampir wurde, wer dafür verantwortlich war, ist nicht belegt. Bekannt ist nur, dass er während der Belagerung von Atlanta desertierte und zu seiner Familie zurückkehrte. Er verwandelte seine Frau. Sie verwandelte dann ihre beiden fünfzehnjährigen Söhne. Die gesamte Familie entkam, als Atlanta in Brand gesteckt wurde.«

»So viel zu den Familienbanden«, warf Oz ein.

Giles zog die Brauen hoch. »Nun ja«, hüstelte er. »Der Vater wurde einige Jahre später, äh, getötet, während die Mutter und die beiden Söhne am, äh, Leben blieben. Nebenbei, sie sind eineiige Zwillinge. Habe ich das schon erwähnt?«

»In diesem Fall«, sagte Buffy, »sind es eindeutig unsere Jungs. Sonst noch etwas?«

Giles nahm seine Brille ab und rieb sich den Nasenrücken. »Bedauerlicherweise nein. Das hier ist wirklich nur eine Chronologie, keine umfassende Studie der amerikanischen Vampire des neunzehnten Jahrhunderts.«

»Wer schreibt eigentlich derartige Bücher?«, fragte sich Xander laut.

»Glaub mir«, erwiderte Giles, »das würdest du nicht wissen wollen.«

»Es hilft mir nicht viel weiter, nicht wahr?«, unterbrach Buffy. »Abgesehen von der Information, wie sie verwandelt wurden, haben wir alles andere bereits gewusst. Die Tatsache eingeschlossen, dass Mama Vamp an einem sehr schweren Fall von Familieritis leidet.«

Sie richtete ihre Aufmerksamkeit auf Willow und drehte sich auf ihrem Stuhl zu ihr um. »Irgendetwas über Nemesis, Will?«

Ein besorgter Ausdruck huschte über das Gesicht des Rotschopfes. Sie wies auf die beiden Bücherstapel, die sich neben ihr türmten.

»Ich bin mir nicht sicher«, erklärte sie. »Es gibt die Wörterbuchdefinition und die historische Definition. Welche willst du zuerst hören?«

»Das sind alles Wörterbücher?«, fragte Xander. »Kaum zu fassen. Okay, okay, ich weiß Bescheid«, sagte er und hielt bei Willows finste-

75

rem Blick die Hände hoch, als würde man ihn als Geisel nehmen. »Ich werde von jetzt an so still wie eine kleine Bibliotheksmaus sein.«

Willow schlug den umfangreichsten der Bände auf. Die Schrift war so klein, dass man ein Vergrößerungsglas brauchte, um sie entziffern zu können.

»Nemesis«, las Willow laut vor. »Ein Mittel oder ein Akt der Vergeltung; jemand oder etwas, das einen besiegt oder vernichtet; ein Gegner, der nicht bezwungen werden kann.«

»Wie schön«, sagte Buffy. »Ich denke, in diesem Fall wäre Unwissenheit vorzuziehen gewesen.«

»Nun«, sagte Willow aufmunternd, »dann gibt es noch das historische Zeug. Die Erklärungen sind alle fast identisch. Nemesis war ursprüngliche eine griechische Göttin.«

Dieses Wesen, das ich in der Gasse gesehen habe, war eine Göttin?, dachte Buffy.

»Von was?«

»Der Vergeltung«, antwortete Willow. »Außerdem der ausgleichenden, strafenden Gerechtigkeit, die Rächerin böser Taten.«

»Nun, dann sollte alles in Ordnung sein«, warf Oz an ihrer Seite ein. »Buffy hat getan, was ihre Aufgabe ist. Sie hat Vampire gepfählt. Was meiner Meinung nach nicht gerade etwas ist, was man als böse Tat bezeichnen könnte.«

»Ich habe bereits versucht, ihr das klar zu machen«, sagte Buffy. »Ohne großen Erfolg. Die Vampirmutter hat die Mächte der Finsternis angerufen, und dieses Nemesis-Wesen ist gekommen. Ich würde sagen, für unsere Definition von bösen Taten sieht es nicht besonders gut aus.«

»Aber das ergibt keinen Sinn«, protestierte Willow.

»Nun, um genau zu sein ...«, begann Giles.

»Ich wusste, dass es einen Haken gibt«, murmelte Xander.

Buffy sprang auf. Sie hatte genug vom Stillsitzen. Es brachte sie nirgendwo hin, und die Uhr tickte. Ihr blieb bis zur Prüfung weniger als eine halbe Stunde.

»Um genau zu sein?«, wiederholte sie.

»Nun, logisch gesehen«, sagte Giles, »tritt dieser Widerspruch nur auf, wenn wir versuchen, unseren eigenen Maßstab von Gut und Böse an Nemesis anzulegen. Aber wenn wir auf diesen Maßstab verzichten ...«

»Oder den Maßstab der Mächte der Finsternis anlegen ...«, warf Willow ein.

»Exakt«, nickte Giles. »Unter diesem Aspekt gibt es keinen Widerspruch. So betrachtet ist es die Jägerin, die eine böse Tat begangen hat, und zwar an einer Angehörigen der Mächte der Finsternis. Wir mögen mit dieser Sichtweise nicht einverstanden sein, aber sie hat ihre eigene Logik.«

»Ob er jemals etwas auf Englisch erklären wird?«, beklagte sich Xander.

»Ich *bin* Engländer«, antwortete Giles knapp.

»Aber sie hat sich selbst als ausgleichende Macht bezeichnet«, wandte Willow ein. »Sollte das unserer Seite nicht helfen?«

Giles setzte seine Brille wieder auf. »Es sollte, aber ich bin mir keineswegs sicher, dass es das auch wird«, erwiderte er.

»Um genau zu sein, ich glaube, wir können davon ausgehen, dass Buffy bereits den entscheidenden Punkt angesprochen hat. Nemesis wurde von der Vampirmutter *heraufbeschworen*. Was auch immer Nemesis' ursprüngliche Aufgabe gewesen sein mag, sie ist jetzt eine Agentin der Mächte der Finsternis. Wir sollten deshalb damit rechnen, dass die von ihr vorbereitete Prüfung nicht fair und überaus unerfreulich sein wird.«

»Großartig«, murmelte die Jägerin.

»Nun, dann müssen wir eben für Fairness sorgen«, sagte Willow hitzig. Sie stand von ihrem Stuhl auf und trat zu Buffy. »Wir lassen dich nicht allein gehen. Wir haben dich noch nie im Stich gelassen. Und jetzt ist keine gute Zeit, damit anzufangen. Kein guter Tag, um Neues zu beginnen. Das habe ich in meinem Horoskop gelesen.«

Buffy legte ihrer Freundin eine Hand auf die Schulter. »Ich muss allein gehen, Will«, sagte sie sanft. »Dieses viergesichtige Wesen hat meine Mom entführt. Ich werde alles tun, um sie zurückzuholen. Das bedeutet, dass ich mich an ihre Regeln halten muss: allein und unbewaffnet. Das ist schließlich nicht das erste Mal.«

»Aber ...«, sagte Willow.

»Kein Aber«, wehrte die Jägerin ab. »Das ist mein Kampf, Will. Meiner ganz allein. Wenn du mir wirklich helfen willst, dann bleib hier, wo du sicher bist.«

Und mir nicht im Wege stehst.

»Nun, okay«, gab Willow schließlich nach. »Aber es gefällt mir nicht.«

»Wir werden unsere Nachforschungen fortsetzen«, versprach Giles. »Vielleicht finden wir noch mehr heraus.«

»Gut«, nickte Buffy. Gespannte Stille senkte sich über die Bibliothek. Niemand fragte, wie sie sie informieren sollten, wenn sie etwas herausfanden.

»Und konzentriere dich«, fügte Giles hinzu, bevor Buffy die Tür erreichte. »Lass dich nicht von irgendwelchen Tricks ablenken, die Nemesis womöglich anwendet. Geh zu der Prüfung. Hol deine Mutter und verschwinde mit ihr.«

»Schon kapiert«, sagte Buffy.

»Und setze deinen Verstand ein.«

»Genau das hatte ich auch vor.« Schließlich ist mein Verstand so ziemlich die einzige Waffe, die mir zur Verfügung steht, fügte die Jägerin im Stillen hinzu.

»Und ...«

»Giles«, sagte Buffy, als sie die Bibliothekstür aufzog.

»Ja?«

»Ich gehe.«

»Nun ja – viel Glück«, sagte er.

»Danke«, erwiderte Buffy. Sie ließ die Tür los und hörte, wie sie hinter ihr zufiel. Ihre Freunde, ihren Wächter aussperrte.

Ich bin auf mich allein gestellt, dachte Buffy. Nicht einmal Angel, der oftmals Wege beschreiten konnte, die den anderen versperrt waren, konnte ihr helfen.

Sie war alles, was zwischen ihrer Mutter und einem ungewissen Schicksal stand.

Steh nicht bloß herum, beweg dich endlich, sagte sie sich.

Von jetzt an, mehr denn je, zählte jede Sekunde.

Zehn Minuten später war Buffy zu Hause und bewegte sich mit der Zielsicherheit einer Lenkrakete durch die Räume. Sie durchwühlte Kleiderschränke, stöberte in Schubladen. Keine Waffen, hatte Nemesis gesagt.

Aber das ist nicht dasselbe wie mit leeren Händen zu gehen, nicht wahr?

Das Problem war, dass Nemesis die Regeln aufstellte, was es Buffy fast unmöglich machte, mit Sicherheit sagen zu können, was als Waffe galt und was nicht. Sie wollte sich aber auch nicht mit einem Haufen unnützer Dinge belasten, ohne zu wissen, gegen was sie während der bevorstehenden Prüfung kämpfen musste.

Verzweifelt schlug sie die Tür des Medizinschränkchens im Badezimmer zu. Was hatte sie überhaupt dort gesucht? Glaubte sie im Ernst, sie konnte ihre Mutter retten, indem sie ihre Zahnbürste zückte?

Die Borsten standen zwar in alle Richtungen ab, weil sie sich die Zähne so kräftig zu putzen pflegte, aber sie konnte sich nicht vorstellen, dass sich die Mächte der Finsternis davon einschüchtern ließen.

Sie öffnete eine Schublade, nahm ein Zopfband heraus als Ersatz für jenes, das sie in der Bibliothek vergessen hatte, strich ihr Haar zu einem Pferdeschwanz zurück und befestigte ihn mit dem Band.

Stromlinienform kann nur von Nutzen sein, dachte sie, als sie in ihr Zimmer zurückkehrte, um sich umzuziehen. Je weniger Angriffsfläche sie dem Feind bot, desto besser.

Sie lächelte grimmig, als sie erkannte, dass sie sich denselben Rat gab, den sie Suz Tompkins im Einkaufszentrum erteilt hatte. Man durfte dem Gegner keine Gelegenheit geben, sich irgendwo festzukrallen.

Eilig schlüpfte Buffy in eine hautenge schwarze Hose, zog ein T-Shirt an und stieg in ihre robustesten Stiefel. Die Stiefel gaben ihr ein etwas besseres Gefühl. Wenn sie den Mächten der Finsternis in den Hintern treten musste, dann so kräftig wie möglich.

Ihre Mutter mochte es nicht, wenn sie schwarze Sachen anzog. Aber Buffy nahm an, dass dies eine Gelegenheit war, bei der selbst ihre Mom zugeben musste, dass es keine Rolle spielte, was Buffy trug.

Sie fröstelte plötzlich. Die Wahrheit war, dass sich Buffy ohne den Inhalt ihrer Jägertasche ein wenig nackt vorkam. Aus einem Impuls heraus trat sie wieder an den Schrank, nahm die Lederjacke heraus, die Angel ihr vor einer Ewigkeit geschenkt hatte, und streifte sie über. Die Tatsache, dass sie Taschen hatte, war irgendwie beruhigend.

Natürlich hatte sie nichts, was sie hineinstecken konnte.

Sie warf einen Blick auf die Leuchtziffern der Digitaluhr auf der Kommode. Dann eilte sie zur Haustür und versuchte, das wummernde, an eine überdrehte Bassfrequenz erinnernde Hämmern ihres Herzens zu ignorieren.

Sie kam nur bis ins Wohnzimmer. Abrupt blieb sie stehen.

Dort, auf der Couch, im Lichtkreis einer Tischlampe, lag das Fotoalbum. Genau wie Joyce es zurückgelassen hatte, als wäre sie, aus freiem Willen, nur kurz nach draußen gegangen und würde jeden Moment zurückkommen.

Buffy spürte, wie ihr rasender Herzschlag stockte, wie ihr Atem aussetzte.

Ihre Mutter war nicht aus freiem Willen fortgegangen. Sie war von den Mächten der Finsternis entführt worden. Entführt aus ihrem Haus, weil Buffy etwas getan hatte. Etwas, das sie tun musste. Weil sie die Jägerin war. Weil sie die Auserwählte war.

Wegen Buffy war ihre Mutter in Gefahr. Es war nicht das erste Mal und möglicherweise auch nicht das letzte. Bei diesem Gedanken fühlte sich Buffy nicht unbedingt besser.

Sie wusste, dass die Zeit knapp war, der Countdown bis zum Beginn der Prüfung lief unerbittlich. Aber dennoch trugen ihre Füße sie zur Couch, saugten sich ihre Augen an dem Album fest, das ihre Mutter zusammenstellte, um ihr eine Freude zu machen. Das Album, das Buffys Entwicklung von der Kindheit bis zum Erwachsenenalter dokumentieren sollte.

Buffy betrachtete die aufgeschlagene Seite, jene Seite, an der ihre Mutter gearbeitet hatte, als sie so brutal unterbrochen worden war. Zahlreiche Fotos waren bereits eingeklebt. Ein weiteres lag da, als wartete es nur darauf, hinzugefügt zu werden. Buffy bückte sich und hob es auf.

Das Bild zeigte sie im Alter von zehn Jahren. Die kleine Buffy war selbstbewusst, voller Leben und grinste in die Kamera.

Ich erinnere mich an diesen Tag, dachte Buffy. Die ganze Familie war in einen Park gegangen, und sie hatte sich auf eine Schaukel gesetzt und von ihrem Dad anstoßen lassen, höher und höher, bis das kleine Mädchen, das sie gewesen war, aufgeschrien hatte. Und zwar so, wie es nur Kinder konnten: in einer Mischung aus Angst und Lachen.

Dass sie so hoch und immer höher in den Himmel geflogen war, hatte sie gleichzeitig erschreckt und begeistert. Denn tief in ihrem Herzen hatte Buffy keine Angst gehabt. Sie hatte gewusst, dass ihre Eltern bei ihr waren, direkt an ihrer Seite. Mit der Sicherheit eines Kindes hatte sie gewusst, was das bedeutete: dass nichts Schlimmes passieren, dass ihr nichts zustoßen konnte.

Buffy legte die Aufnahme zu den anderen, die bereits in dem Album klebten. Erinnerungen wurden wach. Dort war sie mit ihrer Kusine

Celia, die viel zu jung gestorben war. Und da war Buffy an ihrem achten Geburtstag, als ihr Vater sie zum ersten Mal mit zum Schlittschuhlaufen genommen hatte.

Etwas, das er schon lange nicht mehr tat, ganz gleich, wie sehr ihr Herz sich auch danach sehnen mochte. Aber andererseits hatte sie ihrem Vater auch schon lange nicht mehr gesagt, was sie sich tief im Herzen wünschte.

Denn jetzt war die kleine Buffy Summers erwachsen. Ihre Eltern waren geschieden. Ihr Vater war weit weg. Jetzt schickte er ihr eine Karte mit einem Scheck zum Geburtstag. Wenn er sich überhaupt daran erinnerte.

Und ihre Mom, die stets zu ihr gehalten hatte, ganz gleich, was passiert war, ihre Mom steckte jetzt in großen Schwierigkeiten. Weil das Kind auf diesem Foto herangewachsen und die Jägerin geworden war, die Auserwählte. Eine Sache, bei der sie absolut keine Wahl gehabt hatte.

Und ihre Mutter auch nicht, erkannte Buffy plötzlich.

Sie hatte es lange vor ihrer Mutter geheim gehalten, dass sie die Jägerin war. Aus vielen Gründen. War dies einer davon gewesen? Hatte Buffy instinktiv gewusst, dass sich Joyce zwar erschrecken, sie aber niemals im Stich lassen würde? Dass sie zu ihrer Tochter halten, ihr immer zur Seite stehen würde, ganz gleich, was geschah?

Buffys Freunde hatten sich bewusst dazu entschlossen, Teil ihrer Welt als Jägerin zu sein. Sicher, sie wäre verletzt gewesen, wenn sie sich entschieden hätten, ihr den Rücken zuzukehren und fortzugehen. Aber sie hätte es verstanden, ohne ihnen Vorwürfe zu machen.

Die Welt war ein angenehmerer, ein einfacherer Ort, wenn man nicht wusste, was Buffy wusste. Wenn man sich nicht der Tatsache stellen musste, dass sie nicht immer sicher war.

Joyce Summers hatte nie eine andere Wahl gehabt, als sich den Tatsachen zu stellen. Joyce war an Buffy gebunden, weil sie Joyce war: die Mutter der Jägerin, nicht mehr, aber auch nicht weniger.

Buffy trat in die Mitte des Wohnzimmers und betrachtete sich in dem Spiegel über dem Kamin. War das kleine Mädchen, jenes, dessen Andenken ihre Mutter so liebevoll bewahrte, noch immer irgendwo in ihr?

Vielleicht diente das Fotoalbum im Grunde nur dazu, sie daran zu erinnern, dass es so war. Vielleicht hatte ihre Mutter mehr verstanden, als Buffy ihr zutraute oder wahrhaben wollte.

Vielleicht verstand sie, was für ein Gefühl es war, an seiner Vergangenheit zu zweifeln, weil einem eine Zukunft winkte, um die man nicht gebeten hatte und über die man keine Kontrolle hatte. Eine Zukunft als Auserwählte.

Und jetzt war auch ihre Mutter auserwählt worden. Als ein Werkzeug der Vergeltung, der Rache, eine Möglichkeit, Buffy zu schaden. Und es gab nur eins, das Buffy dagegen tun konnte. Nicht versagen. Das Fotoalbum, das hinter ihr auf der Couch lag, war der sprechende Beweis, dass ihre Mutter ihr vertraute. Dass ihre Mutter sie liebte.

Jetzt war Buffy an der Reihe, ihre Liebe zu beweisen. Und zu bestätigen, dass das Vertrauen ihrer Mutter berechtigt war.

Sie wollte sich gerade abwenden, von neuer Entschlossenheit erfüllt, als ihre Augen auf etwas fielen, das auf dem Kaminsims lag. Die Schachtel Streichhölzer, die ihre Mutter immer bereithielt, um bei besonderen Anlässen Kerzen anzuzünden.

Eine Reihe von Bildern erschienen blitzschnell vor Buffys innerem Auge.

Ihre Mutter, wie sie an Thanksgiving, an Geburtstagen oder aber aus keinem besonderen Grund Kerzen anzündete. Aus keinem anderen Grund als dem, es sich gemütlich zu machen.

Es *mir* gemütlich zu machen, dachte Buffy.

Sie machte zwei schnelle Schritte, nahm die Streichholzschachtel vom Kaminsims und steckte sie in ihre Jackentasche. Nemesis hat etwas vergessen, dachte sie.

Etwas, das selbst Buffy fast vergessen hatte. Etwas, an das sie sich vielleicht nicht erinnert hätte, wenn es nicht um ihre Mom gegangen wäre.

Eine Jägerin musste keine Waffen mitbringen. Denn die beste Waffe einer Jägerin war immer sie selbst.

8

Für wen hält sich Buffy Summers eigentlich?, fragte sich Suz Tompkins.

Sie kauerte in den Büschen auf der anderen Seite der Straße und beobachtete, wie Buffy das Haus verließ. Verfolgte, wie sie mit schnellen Schritten über den Bürgersteig ging, nicht in Eile, aber zielstrebig.

Im Lichtschein einer Straßenlaterne konnte Suz sogar den Ausdruck auf Buffys Gesicht sehen. Entschlossen. Grimmig.

Sie geht, als wüsste sie genau, wohin sie will.

Nun, soweit es Suz betraf, war das völlig in Ordnung. Denn Buffy war nicht die Einzige, die wusste, wohin sie wollte. Suz wusste es auch.

Sie würde genau dorthin gehen, wo auch Buffy hinging.

Wo immer das auch war.

Wenn sie dort ankamen, würde Suz das tun, was sie schon tun wollte, seit sie sich von Willow, Oz und Xander nach Hause hatte bringen lassen.

Sie würde die Sache selbst in die Hand nehmen. Das wettmachen, was im Bronze passiert war.

Buffy bog um die Ecke, und Suz glitt aus ihrem Versteck und rannte über die Straße, entschlossen, ihr Ziel nicht aus den Augen zu verlieren.

Sie hatte ein Mal alles vermasselt. Ein zweites Mal würde ihr das nicht passieren. Der Schmerz, die Demütigung, die sie am Abend erlitten hatte, drückte noch immer schwer auf ihrer Brust. Brannte wie ein Feuerball.

Buffy ihr Herz auszuschütten war eine Sache, und das war schon schlimm genug gewesen. Aber sich von Buffys vertrottelten Freunden nach Hause fahren zu lassen, als wäre sie eine sechsjährige Göre, die einen Babysitter brauchte, war etwas ganz anderes. Etwas, das sie nicht auf sich sitzen lassen wollte. Mit dem sie sich nicht abfinden konnte. Sie hatte schließlich einen Ruf zu wahren. Und zwei Freundinnen, die sie rächen musste. Etwas, das sie längst hätte tun sollen, und zwar allein.

Aber sie konnte weder das eine noch das andere tun, wenn sich herumsprach, dass sie sich von Willow Rosenberg hatte nach Hause fahren lassen. Die Tatsache, dass in Wirklichkeit Oz am Steuer gesessen hatte, würde kaum einen Unterschied machen. Alle würden wissen, dass Suz Tompkins dabei war, die Nerven zu verlieren. Die Nerven verloren hatte. Sie konnte das nicht zulassen.

Auf keinen Fall.

Sie bog um die Ecke und duckte sich, als Buffy den Kopf drehte. Wohin in aller Welt wollte Buffy nur?

Nicht, dass es eine große Rolle spielte. Wo Buffy auch immer hinging, Suz würde ihr folgen.

Sie vermutete, dass sie sich mit demjenigen treffen wollte, der für das verantwortlich war, was Leila und Heidi zugestoßen war. Denn trotz der seltsamen Reaktion von Buffy und ihren Freunden fiel es Suz schwer zu glauben, dass ihre Freundinnen von den Zwillingen massakriert worden waren, die sie früher am Abend im Bronze gesehen hatte. Zum einen sahen sie zu jung aus. Zum anderen …

Wie hatte diese Nervensäge Xander Harris sie noch gleich genannt?

Die Pillsbury Popper.

Die reinsten Milchbubis, dachte sie. Die beiden hatten auf Suz in keinster Weise gefährlich gewirkt.

Und von denen habe ich mich in Panik versetzen lassen, dachte sie.

Sie hatte zugelassen, dass sie ihr tagelang nachschlichen und sie auf einen derartigen Horrortrip brachten, dass sie gegen eine der wichtigsten Regeln verstoßen hatte, die sie und ihre Freundinnen aufgestellt hatten. Sie hatte ihre Probleme jemandem anvertraut, der nicht zu ihnen gehörte: einer Außenstehenden. Dann hatte sie zugelassen, dass Buffy die Sache in die Hand nahm, während sie praktisch nach Hause ins Bett geschickt worden war.

Wenn ich Willow mit reingenommen hätte, hätte sie mir dann eine Gutenachtgeschichte vorgelesen?, fragte sie sich. Während Oz und Xander in die stets makellose Küche ihrer Mutter geschlichen wären, um sich den Bauch mit Keksen und Milch voll zu stopfen.

Hätte Suz sich noch erbärmlicher verhalten können? Wohl kaum.

Aber die Sache war damit noch lange nicht gelaufen. Nicht, wenn sie irgendetwas dazu zu sagen hatte.

Buffy war sich ziemlich sicher, dass sie verfolgt wurde.

Sie hatte es bereits gespürt, als sie das Haus verlassen hatte. Das Gefühl, beobachtet zu werden. Das Prickeln zwischen ihren Schulterblättern, das fast immer bedeutete, dass jemand oder etwas hinter ihr her war, sie beobachtete, belauerte, verfolgte.

Normalerweise hätte sie sich die Zeit genommen, herauszufinden, wer oder was es war, um die mögliche Bedrohung auszuschalten. Es war nicht besonders clever, seinen Rücken ungeschützt zu lassen. Das wusste schließlich jeder, nicht nur die Jägerin.

Aber das würde Zeit kosten, und Zeit war ein Luxus, den sie sich nicht leisten konnte. Buffy vermutete ohnehin, dass sie von jemand verfolgt wurde, der den Auftrag hatte, sie abzulenken. Genau davor hatte Giles sie gewarnt.

Werden mir Punkte abgezogen, wenn ich zu spät zu der Prüfung komme?, fragte sie sich. Und was würde passieren, wenn sie gar nicht erst erschien? Würde Nemesis dann Joyce Mrs. Walker übergeben, der Vampirmutter?

Buffy beschleunigte ihre Schritte, während ihr Giles' Einschätzung der Situation durch den Kopf ging.

Die Prüfung würde wahrscheinlich nicht fair und darüber hinaus äußerst unerfreulich sein.

Großartig, dachte sie. Genau das, was ich brauche. Eine Prüfung, die wie ein Termin beim Zahnarzt klingt.

Aus den Augenwinkeln erhaschte sie eine Bewegung und drehte den Kopf. Nichts. Entweder spielten ihre Jägersinne ihr einen Streich, oder jemand anders spielte Katz und Maus mit ihr.

Kümmer dich nicht weiter darum, sagte sie sich, als sie ihre Schritte noch mehr beschleunigte. Geh einfach weiter.

Geh zur Prüfung. Hol Mom raus. Verschwinde mit ihr.

Sieh dich nicht um.

»Mir gefällt das noch immer nicht«, sagte Willow.

Sie hatte Buffys Job übernommen, in der Bibliothek nervös auf und ab zu gehen. Obwohl die Jägerin vor mehreren Minuten aufgebrochen war, saßen ihre Freunde noch immer zusammen. Alle vermieden es, auf die Uhr zu sehen, und konnten doch eines nicht erwarten.

Dass die Zeiger die Zwölf erreichten. Punkt Mitternacht sollte Buffys Prüfung beginnen.

»Es soll dir auch nicht gefallen«, bemerkte Xander, als Willow an ihm vorbeimarschierte. Er hatte die Erlaubnis bekommen, wieder zu sprechen, nachdem sie mit den Nachforschungen fertig waren. »Wir haben es schließlich mit den Mächten der Finsternis zu tun.«

»Ich meine, wir wissen nicht einmal, was gerade passiert«, sagte Willow.

Xander sah sich in der Bibliothek um, als suche er nach Unterstützung. »Ist sonst noch jemand hier, der mit mir übereinstimmt?«

»Ich bin hier«, sagte Oz.

»Genau!«, rief Willow und fuhr zu ihm herum. »Darauf wollte ich hinaus. Wir können nicht dort sein. Wir sind hier, zurückgelassen, im Dunkeln. In der Abwesenheit von Licht. In der Finsternis, die geradezu stygisch ist.«

»Ich hasse diese Sorte«, warf Xander so schnell ein, dass alle wussten, dass er nicht wusste, was es bedeutete. »Diese Sorte ist die absolut schlimmste.«

»Und währenddessen braucht Buffy unsere Hilfe.« Willow ließ sich auf den Stuhl fallen, auf dem vorher Buffy gesessen hatte, und schloss ihre Finger um das Zopfband, das die Jägerin vergessen hatte. »Ich mag es nicht, tatenlos herumzusitzen«, sagte sie. »Es ist frustrierend.«

»Genau so fühlt man sich als Wächter«, erklärte Giles plötzlich. »Aber ich stimme dir zu, Willow«, fuhr er fort. »Das heißt, in Bezug auf die Frustration. Unglücklicherweise sehe ich in Anbetracht der gegenwärtigen Umstände keinen Ausweg.«

»Das ist ja das Problem! Wir können nichts sehen!«, jammerte Willow.

»Es ist Mitternacht«, sagte Oz.

»Nun«, murmelte die Jägerin. Sie warf einen prüfenden Blick auf die weiße Visitenkarte in ihrer Hand und sah dann wieder auf das Haus vor ihr. »Ich schätze, das ist es.«

Zweitausend, Elysian Fields Lane.

Sie hätte wissen müssen, dass es sich als eines der Häuser entpuppen würde, die sie immer zum Zähneknirschen brachten. Eine südkalifornische, aus verschiedenen Baustilen zusammengewürfelte Monstrosität. Bevor Buffy nach Sunnydale gekommen war, hatte sie kaum einen Gedanken an die Tatsache verschwendet, dass Architektur tatsächlich Furcht einflößen konnte. Aber das war damals gewesen, in den alten, unschuldigen Tage ihres Lebens in der Stadt der Engel.

Die weißen Steinwände des auf einem der niedrigen Hügel über Sunnydale thronenden Hauses leuchteten selbst in der mitternächtlichen Dunkelheit. Mächtige weiße Säulen trugen einen um das Gebäude führenden Vorbau, sodass es wie eine Mischung aus Tara in *Vom Winde verweht,* einem griechischen Tempel und einem grinsenden Totenschädel aussah.

Wie passend, dachte Buffy.

Sie holte tief Luft, um ihre Nerven zu beruhigen, und ging die Auffahrt hinauf. Die Sohlen ihrer Stiefel knirschten auf dem Kiesbelag. Das Gefühl, verfolgt und beobachtet zu werden, war noch immer da, aber sie hatte es erfolgreich verdrängt.

Wichtig war nur das, was vor ihr lag. Auch wenn es ihr nicht besonders gefallen würde.

Sie erreichte die Veranda und stieg die kurze Treppe hinauf. Dabei ging das Verandalicht an. Geblendet schnellten Buffys Hände vor ihr Gesicht und schirmten ihre Augen ab. Sie spürte, wie ihre Muskeln sich spannten, sich kampfbereit machten. Vor ihr schwang lautlos die Haustür auf.

Tritt in mein Haus, sagte die Spinne zu der Fliege.

Spinnen. Schluck.

Buffy straffte sich, hob ihr Kinn und trat über die Schwelle.

»Wally, Beaver, ich bin zu Hause.«

Nichts.

Hinter ihr schlug die Tür zu.

9

In dem Herrenhaus, das seine Zuflucht war, starrte der Vampir namens Angel ins Feuer. Aber er sah die Flammen nicht, die langsam die Holzscheite verzehrten. Er dachte nur an eins: die Zeit, die unaufhaltsam verstrich, und Buffys Prüfung, die unweigerlich näher rückte. Ich habe sie allein gehen lassen.

Es gab viele Dinge, mit denen sich Angel abgefunden hatte, Schlachten, in die er nicht gezogen war, weil er wusste, dass er sie nie gewinnen würde; dass er war, was er war – ein Dämon mit einer Seele –, gehörte ebenfalls dazu. Aber eines hatte er nie gelernt.

Zu akzeptieren, dass es Zeiten gab, in denen er zurücktreten und zusehen musste, wie sich die Frau, die er liebte, in Gefahr begab. Ohne ihn.

Er schlug mit der Faust auf den Kaminsims, ohne den harten Stein zu fühlen, ebenso wenig wie er die Hitze der Flammen spürte. Wenn er besorgt war, war es stets sein erster Impuls, ein Feuer zu machen. Ein Verlangen nach Licht und Wärme, das ihn nie verlassen hatte, nicht einmal nach all diesen Jahren und all den Dingen, die er geworden war.

Vielleicht war es genetisch bedingt. Vielleicht war ein Teil von ihm so sehr in seinen Genen verankert, dass er immer derselbe bleiben würde. So grundlegend war dieser Teil.

Es spielte auch keine Rolle, dass er nur die Hälfte von dem genießen konnte, was das Feuer zu bieten hatte. Nur das Licht. Nicht die Wärme. Er war tot, er war seit mehr als 200 Jahren tot. Es gab kein Feuer auf Erden, das ihn wärmen konnte.

Sag mir, was ist das für ein Gefühl, das zu sein, was du bist, und eine Seele zu haben?

Er spürte, wie sich gegen seinen Willen seine Lippen zu einem bitteren Lächeln verzogen. Eins musste er Nemesis lassen. Sie wusste, wie man eine Frage stellte.

Es ist die Hölle. Jedenfalls so gut wie. Dass er die Hölle durchlebte konnte man nur deshalb nicht behaupten, weil er nicht lebte.

Er starrte finster in die Flammen, doch plötzlich ruckte sein Kopf herum, Sekunden, bevor er das wilde Hämmern an seiner Haustür hörte. Er durchquerte den Raum mit schnellen, großen Schritten und riss die Tür auf.

Vor ihm, in der Dunkelheit, stand Willow.

Oz war an ihrer Seite. Xander und Giles waren dicht hinter ihnen. Er konnte Oz' Transporter und Giles' klapperigen Citroën am Straßenrand parken sehen.

Sieh an, die ganze Gang ist hier versammelt, dachte Angel. Die einzige Frage war, warum waren sie gekommen?

»Was ist los?«, fragte er mit scharfer Stimme. »Was ist passiert?«

»Nichts«, antwortete Willow. In den Händen hielt sie eine große Kupferschüssel.

»Nun, ihr seid doch nicht den ganzen Weg hierher gekommen, um mir einen Mitternachtssnack zuzubereiten, oder?«

Oz hielt mit der rechten Hand einen Gegenstand hoch: einen Krug Quellwasser.

»Kristallkugelzauber«, sagte er knapp.

Angel zog die Brauen hoch. Er wusste sehr wohl, welch starke Gefühle Buffys Freunde für sie empfanden, aber zuweilen war selbst er überrascht.

»Kristallkugelzauber«, wiederholte er. »Interessante Idee.« Er sah wieder Willow an. »Deine?«

Der Rotschopf nickte und drückte die Schüssel an sich. »Ich dachte, wenn wir Buffy schon nicht begleiten können, dann können wir wenigstens beobachten, was passiert. Um notfalls einzugreifen, wenn etwas schief geht.«

»Wie die Kavallerie«, meinte Angel.

Willow nickte erneut. »So in der Art«, bestätigte sie.

»Ich habe ihnen die Risiken erklärt«, meldete sich Giles mit leicht hölzern klingender Stimme zu Wort. »Aber wie es scheint, bin ich überstimmt worden – wie immer.«

Und das bezieht sich nicht nur auf den Zauber, dachte Angel. Giles war vermutlich nicht begeistert von dem Ort, den Willow gewählt hatte. Aber er ist gekommen, aus demselben Grund, aus dem ich ihn hereinlassen werde.

Weil die Jägerin zuerst kam. Immer.

Angel trat zurück und bedeutete Buffys Freunden einzutreten.

»Kommt herein«, sagte er. Und versuchte die Tatsache zu ignorieren, dass Giles der Letzte war, der über die Schwelle trat.

»Mom?«

Buffy stand an der Tür des Vampirhauses und sah sich schnell um. Von dem Marmoreingang führten zwei Flure wie ausgestreckte Arme in die Seitenflügel. Vor ihr befand sich eine Wand, deren Tapete mit kohlkopfgroßen Rosen gemustert war.

Wie es schien, war die Vorliebe der Vampirmutter für Blumen nicht allein auf ihre Kleidung beschränkt.

Grund genug für Buffy, mit Sorge an all das zu denken, was ihr noch bevorstand.

Sie holte tief Luft, hielt sie für einen Moment an und atmete dann aus. Die Luft in dem Haus war muffig und kalt.

Es ist lange her, seit etwas Lebendes hier gewesen ist, dachte Buffy.

Und das, was hier war, hatte nicht sehr lange überlebt.

Allein der Gedanke daran beschleunigte ihren Puls.

Wo ist meine Mom?

Überzeugt, dass es besser war, etwas zu unternehmen, statt einfach nur herumzustehen, wandte sich die Jägerin in den nach rechts führenden Korridor. Sie ging langsam weiter, mit dem Rücken an der Wand.

»Oh, gut«, sagte eine Stimme zu ihrer Linken. »Du bist pünktlich.« Buffy duckte sich sofort und wirbelte in Kampfhaltung zum Eingang herum. Dort stand Nemesis. Alle drei Gesichter, die Buffy sehen konnte, lächelten.

»Das ist gut«, sagte die Göttin des Ausgleichs und nickte beifällig. »Ich mag es, wenn ein Teilnehmer pünktlich ist. Das lässt einiges für die Prüfung hoffen.«

Buffy spürte, wie der Zorn in ihr hochkochte. Sie war hier, um ihrer Mutter das Leben zu retten, und dieses viergesichtige Monstrum tat gerade so, als wäre Buffy die Kandidatin in irgendeiner öden Gameshow.

»Wo ist meine Mom?«

Nemesis' hässliches Lächeln wurde ein wenig breiter. »Nicht so ungestüm«, tadelte sie. »Geduld ist eine Tugend, Jägerin. Frag nur deinen Wächter.«

Buffy biss sich hart auf die Zungenspitze. Sie würde sich nicht auf ein Wortgefecht mit dieser Agentin der Finsternis einlassen. Es war eine potenzielle Ablenkung, vor der Giles sie eindringlich gewarnt hatte. Sie musste sich beherrschen. Sich auf das konzentrieren, was am wichtigsten war.

Die Details der Prüfung in Erfahrung bringen. Mom holen. Von hier verschwinden.

»Wo ist die Vampirmutter, Mrs. Walker?«

»Du hast also herausgefunden, wer sie ist«, stellte Nemesis fest. »Ich habe mich gefragt, ob du dir die Mühe machen wirst. Das war schnelle Arbeit. Das spricht für dich.«

»Wo ist sie?«, fragte Buffy wieder.

»Das geht dich nichts an«, entgegnete die Ausgleicherin. »Sie ist an dem, was dich erwartet, nicht beteiligt. Mit ihrer Zustimmung zu den Prüfungsbedingungen hat sie ihre Rolle erfüllt. Jetzt bleibt ihr nur noch, auf den Ausgang zu warten.«

»Sie wird schwer enttäuscht werden.«

»Das werden wir sehen, nicht wahr?«, fragte die Ausgleicherin. »Nun, wenn du bitte in diese Richtung gehen würdest ...«

»Nach dir«, sagte Buffy.

Nemesis lächelte erneut, wandte sich dann ab und ging in den nach links führenden Korridor. Buffy folgte ihr dichtauf, während ihre Augen ständig von links nach rechts wanderten, um so viele Informationen wie möglich über ihre Umgebung zu sammeln.

Mit jedem Schritt, den sie machte, wurde sich Buffy mehr und mehr bewusst, wie still es in dem Haus war. Kein Laut drang von draußen durch die dicken Wände. Auch im Innern war alles ruhig. Die einzigen Laute, die Buffy hörte, waren ihre Atemzüge. Ihre Schritte. Das regelmäßige, schwere Schlagen ihres Herzens.

Zum ersten Mal erkannte Buffy, dass Nemesis, wenn sie nicht gerade sprach, keinen einzigen Laut von sich gab.

Die Wand mit der Rosentapete endete an dem Eingang zu einem düsteren Wohnzimmer. Die Tapete in diesem Raum war mit riesigen purpurroten Schwertlilien gemustert.

»Diese Prüfung hat doch nichts mit meinem Dekorationstalent zu tun, oder?«, fragte sie.

Alle vier Gesichter von Nemesis gaben ein kurzes, bellendes Lachen von sich, während ihre roten Augen förmlich glühten.

Die Einrichtung des Wohnzimmers wirkte altmodisch, als hätte Mrs. Walker die Möbel seit dem Bürgerkrieg nicht mehr gewechselt. Sofas mit gerader Rückenlehne. Tische und Stühle mit dünnen Beinen. Alles sah unbequem aus. Bis auf die Lampen konnte Buffy keine modernen Geräte entdecken. Keine Stereoanlage. Keinen Fernseher oder Videorecorder.

Kein Wunder, dass aus Webster und Percy solche Loser geworden sind, dachte Buffy. Die einzige Unterhaltung an diesem Ort schien aus dem Aussaugen unschuldiger Menschen zu bestehen. Wobei man nach getaner Arbeit noch nicht einmal gemütlich die Füße auf den Tisch legen konnte.

»Der Großteil des Hauses ist sehr geräumig, wie du siehst«, erklärte Nemesis, als sie Buffy quer durch das Wohnzimmer zu einer Tür auf der anderen Seite führte.

»Weißt du«, sagte Buffy, während sie Nemesis über einen Teppich folgte, der nur um ein paar Schattierungen heller war als die Purpurblumen an den Wänden, »wenn du nicht gerade bei den Mächten der Finsternis unter Vertrag ständest, könntest du eine tolle Karriere als Maklerin starten.«

Könnten wir jetzt bitte mit der Prüfung beginnen?

»Zerbrich dir meinetwegen nicht den Kopf«, erklärte Nemesis, als Buffy ihr in eine geräumige Küche folgte, deren Tapete mit etwas gemustert war, das Willow einmal als giftige Blume bezeichnet hatte. Fingerhut.

Nemesis ging zur anderen Seite des Raumes und steuerte eine der beiden nebeneinander liegenden Türen an.

Jetzt wird es ernst, dachte Buffy. Die Lady oder der Tiger?

»Du solltest dir lieber den Kopf darüber zerbrechen«, sagte Nemesis, »was hier drinnen ist.«

Sie riss eine der Türen auf. Buffy zuckte zusammen und schüttelte dann den Kopf.

»Soll ich etwa in einer Besenkammer nach meiner Mutter suchen?«

Nemesis warf die Tür mit einer derartigen Wucht zu, dass die an der Wand hängenden Essteller in ihren Halterungen klirrten.

»Ich hasse das«, sagte sie, um dann zwei Schritte nach links zu treten. »Worüber du dir *wirklich* den Kopf zerbrechen solltest, ist hier drinnen.«

Triumphierend öffnete sie die zweite Tür. Buffy konnte eine düstere Treppe erkennen, die nach unten in die Dunkelheit führte.

Ein Keller. Was für eine Überraschung, dachte Buffy. Wieso konnte sie nicht einmal zur Abwechslung gegen etwas kämpfen, das sich über dem Boden aufhielt? Zum Beispiel in einem Park? Bei Tag. Während im Hintergrund die Vögel zwitscherten.

Buffy trat zur obersten Stufe und spähte nach unten. Das Haus der Vampirmutter war makellos sauber. Nicht ein Staubkorn war zu sehen. Aber die in den Keller führende Treppe war völlig verstaubt und von Spinnweben überzogen.

»Sobald du einen Fuß auf diese Treppe setzt«, sagte Nemesis, »betrittst du die Welt der Prüfung und lässt die Welt, die du kennst, hinter dir zurück.«

Großartig, dachte Buffy. Wenn dies nicht eine besonders ausgefallene Umschreibung für »Niemand kann voraussagen, was passiert« war, wollte sie einen Besenstiel fressen.

»Was gibt es da unten?«, fragte sie. »Monster?«

Nemesis nickte. »Du hast es erraten. Wenngleich die Sorte allein von dir abhängt.«

Buffy verdrehte die Augen. Sie hätte wissen müssen, dass es sinnlos war, eine direkte Frage zu stellen. Heutzutage bekam ein Mädchen nie eine direkte Antwort von jemandem, der älter als 300 Jahre war.

»Pass jetzt genau auf und höre die Bedingungen deiner Prüfung«, ließ sich die Ausgleicherin mit donnernder Stimme vernehmen. »Deine Widersacherin hat die Mächte der Finsternis angerufen, den Tod ihrer Söhne zu rächen ...«

»Das weiß ich. Ich war schließlich dabei«, unterbrach Buffy.

»Schweig!«, fauchte Nemesis.

»Entschuldigung«, murmelte Buffy.

»Deine Widersacherin hat einen bemerkenswerten Familiensinn gezeigt«, fuhr Nemesis fort. Buffy versuchte nicht darauf zu achten, dass ihr Gegenüber wie Giles klang. »Insbesondere für eine Vampirin. Statt ihre Söhne zu verlassen oder auf der Stelle zu töten, hat sie sie verwandelt und in all diesen Jahren bei sich behalten. Weil sie sie liebte, auf ihre eigene Art. Deine Prüfung wird bestimmen, wessen Liebe stärker ist, die der Vampirmutter zu ihren Söhnen oder deine zu deiner Mutter.«

Nun, das sollte kein Problem sein, dachte Buffy. Sie spürte, wie sie sich zum ersten Mal, seit sie das Haus der Vampirmutter betreten hatte, allmählich entspannte.

Wenn es darum ging, wessen Liebe stärker war, Buffys oder Vampmamas, dann sollte Buffy diese Prüfung mühelos bestehen.

Sie war ein Mensch. Mrs. Walker nicht. Sie war eine Vampirin, ein Wesen ohne Seele. Was sie für ihre Söhne empfand, konnte man gewiss nicht einmal ansatzweise mit dem vergleichen, was Buffy für Joyce fühlte. Mrs. Walker hatte schon vor langer Zeit ihre Fähigkeit verloren, wahre Liebe zu empfinden.

»Wenn deine Liebe stärker ist«, fuhr Nemesis fort, »dann wird sie beziehungsweise du den Sieg davontragen und Mrs. Walkers Gesuch um Vergeltung wird nicht stattgegeben. Du wirst deine Mutter finden, sie befreien und mit ihr unversehrt in die Oberwelt zurückkehren, in die Welt, die du kennst.«

»Klingt nach einer Menge Aufwand für ein vorhersehbares Ergebnis«, bemerkte Buffy. »Ich bin ein Mensch; sie ist es nicht. Ende der Geschichte. So einfach ist das.«

Nemesis lächelte wölfisch. »Meinst du wirklich?«, fragte sie. »Ich dachte eigentlich, dass du inzwischen begriffen hättest, dass die Liebe ganz und gar nicht einfach ist.«

Unvermittelt lief der Jägerin ein Schauder über den Rücken. Es stimmt, dachte sie. Bilder von Menschen, die sie liebte und die behaupteten, sie zu lieben, tanzten vor ihrem geistigen Auge.

Ihre Freunde, die immer für sie da waren. Ihr Vater, der es einst gewesen war. Ihre Mutter. Giles. Und schließlich Angel, mit dem es am schwierigsten war. Selbst als er seine Seele verloren und sich in Angelus zurückverwandelt hatte, waren sie und Angel weiter verbunden gewesen, insofern, als sie diejenige war, der er am meisten hatte wehtun wollen.

»Was passiert, wenn ich verliere?«, wollte sie wissen.

Nemesis' rote Augen betrachteten sie gleichmütig. »Ich muss diese Frage doch nicht wirklich beantworten, oder?«

»Vermutlich nicht.«

»In diesem Fall erkläre ich die Phase der Vorbereitungen für offiziell beendet. Du kannst jetzt mit der Prüfung beginnen. Mach dich bereit.«

»Einen Moment!«, protestierte Buffy.

»Keine Verzögerung mehr.«

»Aber was ist mit ...«

Nemesis streckte eine riesige Hand aus und verpasste der Jägerin einen Stoß. Buffy stolperte die Treppe hinunter und griff haltsuchend nach dem Geländer, während sie mit den Füßen Staubwolken aufwirbelte.

»Geh!«, donnerte die Ausgleicherin.

Dann schlug sie krachend die Tür zu und stürzte Buffy in völlige Finsternis.

10

Suz hatte das Haus nur zwei Mal umrunden müssen, um alles herauszufinden, was sie wissen wollte.

Ganz oben auf der Liste stand die Tatsache, dass das Haus, das
Buffy betreten hatte, über keine Alarmanlage zu verfügen schien
obwohl es im Villenviertel der Stadt lag. Der zweite Punkt war die Tatsache, dass eine Reihe von Fenstern an der Rückseite des Hauses zu
einem einzigen großen Raum zu gehören schienen, der die ganze
Länge des Erdgeschosses einnahm.

Dieser Raum war sanft erleuchtet von etwas, das Suz nicht hatte
identifizieren können. Sie hatte zuerst an Kerzen gedacht und sich
gefragt, ob sie die Beweggründe missverstanden hatte, aus denen
Buffy mitten in der Nacht ihr Haus verlassen hatte. Vielleicht waren sie
in Wirklichkeit romantischer Natur.

Dann hatte Suz erkannt, dass das Licht zu stetig war, um von Kerzen stammen zu können. Es flackerte nicht. Es leuchtete gleichmäßig
wenn auch nicht besonders hell. Ein weiteres Rätsel in einer Nacht voller Mysterien. Von ihrem Versteck – dem Schatten eines großen Baumes im Hinterhof – aus beobachtete Suz die Fenster und spürte, wie
ihre Entschlossenheit wuchs.

Sie mochte keine Rätsel. Sie zog Klarheit vor, Eindeutigkeit. Sie
wollte den Dingen ins Auge sehen, denn all das, was man nicht sah
das, von dem man nichts wusste, konnte einem wehtun.

Ich werde erst dann wieder verschwinden, wenn ich herausgefunden habe, was hier vor sich geht.

Suz veränderte ihre Position, ohne die Augen von dem Haus zu
wenden. Gleich würde sie handeln. Seit Buffy das Haus betreten hatte
waren fünfzehn Minuten verstrichen. In dieser Zeit hatte Suz keine
Bewegung festgestellt. Niemand ging hinein. Niemand kam heraus
Und soweit sie feststellen konnte, gab es auch im Innern keine Bewe-

gung. Hätte sie nicht beobachtet, wie die Tür aufgeschwungen und Buffy hineingegangen war, hätte Suz angenommen, dass niemand zu Hause war.

Gut. Je weniger Leute im Innern waren, desto weniger Arbeit würde sie damit haben, die Antworten aus ihnen herauszuprügeln, die sie haben wollte.

Okay, genug gewartet. Jetzt ist Showtime.

Davon überzeugt, dass der Raum, in den sie einsteigen wollte, leer war, schlich Suz geduckt los. Sie hielt sich so lange wie möglich in dem ausladenden Schatten des Baumes. Als sie den Rand des Schattens erreichte, rannte sie zur Rückwand des Hauses. Zwischen zwei Fenstern blieb sie stehen, presste ihren Rücken an das Mauerwerk und wartete, bis sich ihr Puls wieder beruhigt hatte.

Sie war nicht so weit gekommen, um sich jetzt durch lautes Keuchen zu verraten.

Mein Name ist Tompkins. Suz Tompkins. Geheimagentin.

Als ihr Atem wieder leise und gleichmäßig ging, ging Suz neben dem Fenster, für das sie sich entschieden hatte, in die Hocke und überdachte ihre Möglichkeiten. Am besten versuche ich es auf die einfachste Weise. Zu den wenigen Schulfächern, die sie mochte, gehörte Geometrie. Die kürzeste Verbindung zwischen zwei Punkten ist eine gerade Linie.

Sie behielt den Kopf unter dem Fenster, streckte einen Arm aus, gab dem Fenster einen kräftigen Stoß nach oben und zog ihren Arm sofort wieder zurück.

Das Fenster glitt lautlos auf.

Suz spürte, wie ihr Herz einen triumphierenden Sprung machte, während sie bewegungslos vor dem Fenster verharrte. Das war schrecklich leicht gewesen. Möglicherweise zu leicht. Suz hatte die Erfahrung gemacht, dass die Dinge, die zu gut schienen, um wahr zu sein, es meistens auch nicht waren.

Sie wartete. Nichts geschah. Schließlich entschied sie, dass sie lange genug gewartet hatte. Geschmeidig schwang sie ein Bein über die Fensterbank, steckte ihren Kopf durch die Öffnung, zog das andere Bein nach und sprang lautlos ins Innere.

Eilig schob Suz das Fenster wieder nach unten und ließ es einen Spalt weit offen, gerade breit genug, um die Finger hindurchstecken zu können. Sie wollte keine Zeit damit verschwenden, die anderen

Fenster daraufhin zu überprüfen, ob sie ebenfalls unverschlossen waren, und der Spalt würde ihr helfen, das Fenster wieder zu finden, durch das sie eingestiegen war.

Sie drehte sich um. Adrenalin schoss durch ihren Körper.

Ich habe es geschafft. Ich bin drinnen.

»Du bist dir also absolut sicher, dass du das wirklich tun willst«, sagte Giles in einem halb feststellenden, halb fragenden Tonfall.

Auf der anderen Seite des Kamins nickte Willow so nachdrücklich, dass ihre roten Haare tanzten. »Absolut. Hundertprozentig.«

Die Gruppe stand in einem Raum, den Giles für Angels Wohnzimmer hielt. Braucht man überhaupt ein Wohnzimmer, wenn man tot ist?

Es war natürlich eine müßige Überlegung, aber sie half ihm, sich von dem eigentlichen Problem abzulenken.

Ich würde lieber sonstwo sein als hier. Solange es sich in einem vernünftigen Rahmen bewegt, natürlich.

Dennoch zwang ihn sein Sinn für Gerechtigkeit zu dem Eingeständnis, wenn auch nur im Stillen, dass sich Angel bereits nützlich gemacht hatte. Er hatte das Feuer geschürt, sodass es hell und heiß loderte, wie es in der ersten Phase des Zaubers nötig war. Ich nehme an, ich sollte Dankbarkeit für Angels Hilfe empfinden.

Was alles in allem nicht sehr wahrscheinlich war.

Giles stand zusammen mit Xander auf einer Seite des Kamins und musterte Willow, die ihnen gegenüberstand. Sie wirkte nervös, aber auch entschlossen. Oz war an ihrer Seite und schwieg wie gewöhnlich. Angel stand, ein Stück vom Kamin entfernt, allein zwischen den beiden Gruppen. Die Spitze des Dreiecks. Der Angelpunkt.

Jene von uns, die willentlich die Hilfe des Vampirs gesucht haben, auf der einen Seite, und jene, die dagegen waren, auf der anderen, dachte Giles.

Obwohl er sein Bestes getan hatte, um sich eine Alternative auszudenken, musste Giles zugeben, dass Willows Plan mit dem Kristallkugelzauber zwar gefährlich, aber auch vernünftig war. Er hätte selbst daran denken müssen. Er wünschte nur, Willow hätte nicht darauf bestanden, den Zauber in Angels Herrenhaus durchzuführen. Giles bat Angel nur ungern um Hilfe. Es widersprach all seinen Instinkten, allen Regeln, die er gelernt hatte.

Die Tatsache, dass er der Wächter einer Jägerin war, die bereits gegen jede denkbare Regel verstoßen hatte, konnte ihn auch nicht trösten. Vor allem, da eine der wichtigsten Regeln, gegen die sie regelmäßig verstieß, lautete: vertrau niemals einem Vampir. Und verliebe dich erst recht in keinen.

Vampire waren der Feind. Nur für eine Sache gut: zum Pfählen. Obwohl selbst Giles einräumen musste, dass Angel unter den Vampiren ein außergewöhnlicher Fall war.

Dennoch hatte er schon genug Probleme gehabt, Angel vor seiner unglückseligen Rückverwandlung in Angelus zu trauen. Es war fast unmöglich, ihm jetzt zu trauen, nach allem, was er Jenny Calendar angetan hatte.

Was bedeutet, dass du deine Bedürfnisse an erste Stelle setzt, Rupert, ermahnte er sich selbst, in dem Bewusstsein, gegen eine seiner eigenen Regeln zu verstoßen.

Die Bedürfnisse der Jägerin kamen zuerst. Immer.

»Also gut«, sagte er und sah wieder Willow an. »Da du so entschlossen bist, können wir ebenso gut anfangen, denke ich. Du hast die Kräuter für die Reinigung des Raumes?«

Willow nickte erneut und trat an einen niedrigen Tisch, den Angel vor den Kamin gestellt hatte. Darauf waren die Dinge ausgebreitet, die für den Kristallkugelzauber benötigt wurden. Ein Bündel Salbei. Ein klarer Quarzkristall, der so lang und dick war wie Giles' Zeigefinger. Der Krug Quellwasser und die Kupferschüssel. Nicht zu vergessen, das Buch mit der Formel für den Kristallkugelzauber. Angel hatte außerdem ein Kissen beigesteuert, auf dem Willow sitzen konnte. Damit der Zauber funktionierte, musste sie die Schüssel halten.

»Ich habe es schon einmal gesagt, aber ich denke, ich sollte es noch einmal wiederholen«, erklärte Giles, als Willow nach dem Bündel Salbei griff und ans Feuer trat. »Kristallkugelzauber ist etwas, das man absolut nicht auf die leichte Schulter nehmen sollte. Er erfordert absolute, ständige Konzentration. Ein einziger Fehler ...«

»Und dann sind wir nicht schlimmer dran, als wir es ohnehin schon sind«, fiel ihm Angel ins Wort und brach damit sein langes Schweigen. »Der Zauber kann nichts daran ändern, was mit Buffy passiert; er kann es uns nur zeigen.«

»Ich brauche keine ungebetenen Ratschläge von ...«, entfuhr es

Giles hitzig. Er verstummte, bevor er den Satz zu Ende gesprochen hatte, und atmete stattdessen tief und langsam durch.

Es hatte wenig Sinn, mit Angel zu streiten. Vor allem, wenn er Recht hatte. Zumindest in diesem Punkt.

»Mir ist bewusst, dass der Zauber keine Wirkung auf Buffy haben wird«, sagte der Wächter. »Es ist die Wirkung auf Willow, die mir Kopfzerbrechen bereitet. Kristallkugelzauber ist keine gewöhnliche Magie. Die Person, die den Zauber durchführt, die Wahrsagerin, wie ich sie in Ermangelung eines besseren Ausdrucks nennen möchte, beschwört nicht nur die Energie herauf und holt sie in diese Welt. Sondern sie wird buchstäblich zum Leiter dieser Energie. Es gibt historische Berichte über Wahrsagerinnen, die von den Kräften, die sie heraufbeschworen hatten, in den Wahnsinn getrieben wurden.«

Giles nahm seine Brille ab, putzte die Gläser und setzte sie dann wieder auf.

»Haben jetzt alle meine Bedenken verstanden?«

»Giles, ich muss es tun«, sagte Willow nach einem Moment des Schweigens. »Es ist ... eine ...« Sie runzelte die Stirn, als würde sie nach den richtigen Worten suchen, um ihn zu überzeugen. »Es ist etwas, das ich tun muss. Für Buffy.«

»Damit ist wohl alles klar«, brummte Xander und steuerte damit die erste Bemerkung bei, seit er angekommen war.

Giles seufzte. Nun, ich habe es zumindest versucht. Und jetzt würde er sein Bestes tun. Wie immer.

»Hast du einen persönlichen Gegenstand von Buffy? Du wirst ihn brauchen, um die Bilder zu fokussieren, die du heraufbeschwörst.«

Der Rotschopf griff in die Tasche und brachte das Zopfband zum Vorschein, das Buffy früher am Abend in der Bibliothek vergessen hatte.

»Okay, es ist kein besonders persönlicher Gegenstand«, gab sie zu. »Aber es wird funktionieren. Das weiß ich.«

»Wenn du es sagst.« Er trat an den Tisch und nahm das Buch mit der Formel für den Kristallkugelzauber.

»Sind alle bereit? Gut. Beginnen wir jetzt mit der Reinigung des Raumes.«

Willow warf das Bündel Salbei in die Flammen.

»Wow«, machte Xander. »Niemand hat mir gesagt, dass es wie Spaghetti riechen wird.«

Ich schaffe es.

Willow saß vor Angels Kamin im Schneidersitz auf dem Kissen, das er ihr gegeben hatte, und hielt die Kupferschüssel zwischen ihren Knien. Neben ihr stand Oz mit dem Krug Quellwasser. In der einen Hand hielt Willow den Quarzkristall und in der anderen Buffys Zopfband. Giles stand hinter ihr und hielt sich bereit, ihr die Worte des Zauberspruchs zuzuflüstern, falls sie sie vergessen sollte.

Was kaum passieren würde.

Sie würde Isis anrufen, eine antike Göttin, die so mächtig war, dass sie ihren ermordeten Gemahl Osiris zurück ins Leben geholt hatte.

Es konnte bestimmt kein Fehler sein, sich an ein derart nettes Geschöpf zu wenden.

»Okay«, sagte Willow, »ich bin bereit.«

Sie umfasste den Quarzkristall mit den Händen, hauchte ihn an und legte ihn dann in die Schüssel. Auf ihr Nicken hin goss Oz das Quellwasser hinein. Willow wartete, bis sich das Wasser in der Schüssel so weit beruhigt hatte, dass sie den Kristall am Boden deutlich sehen konnte. Dann warf sie das Zopfband hinein und versuchte nicht darauf zu achten, dass es wie ein kleiner Doughnut auf dem Wasser trieb.

»Mächtige Isis, Spenderin des Lebens. Höre meine Bitte.«

Willow beugte sich nach vorn und blies auf die Wasseroberfläche, sodass sie sich kräuselte. Langsam sank das Zopfband auf den Boden. Erneut wartete sie, bis die Oberfläche des Wassers wieder glatt war.

»Atme dem Bild derjenigen, die ich rufe, Leben ein.«

Ein Funkenschauer schoss aus dem Kamin, als ein Windstoß durch den Schornstein heulte, und umtanzte Willow. Die Wasseroberfläche wellte sich.

»Höre den Namen, den ich nenne«, rief Willow.

Im Raum wurde es totenstill. Die Wasseroberfläche war glatt wie Glas. Die Luft darüber begann kaum merklich zu schimmern. Als würde sie darauf warten, dass Willow die Worte sagen würde, die sie dazu brachten, sich zu verdichten und Form anzunehmen.

»Buffy Summers.«

Buffy stand auf der obersten Stufe der Kellertreppe, hustete, um den Staub aus ihrer Lunge zu vertreiben, und wartete, dass sich ihre Augen an die Dunkelheit gewöhnten.

Ein vergebliches Unterfangen.

Die Dunkelheit war schier undurchdringlich.

Warum habe ich keine Taschenlampe mitgebracht?, fragte sich die Jägerin.

Nun, wenn ich gewusst hätte, dass die Prüfung darin besteht, in einem pechschwarzen Keller vom Typ Unterwelt eingesperrt zu werden, hätte ich es wahrscheinlich getan, dachte sie.

Aber sie hatte es nicht gewusst. Und sie hatte die Hände frei haben wollen, sollte es zu einem Kampf kommen. Auch wenn die einzige Bedrohung im Moment nur aus riesigen Staubflusen zu bestehen schien.

Buffy hielt sich mit der rechten Hand am Geländer fest, streckte die linke tastend aus und stieg in die Tiefe. Alles in ihr schrie danach, sich zu beeilen, aber sie zwang sich, langsam und vorsichtig jede Stufe mit dem Fuß zu testen, bevor sie sich mit ihrem ganzen Gewicht darauf stellte.

Wenn Giles sie jetzt sehen könnte, dachte Buffy, wäre er vermutlich stolz, dass sie nicht nur die Kraft ihrer Fäuste einsetzte, sondern auch ihren Verstand.

Die Treppe hatte solide gewirkt, soweit Buffy sie hatte sehen können. Was nicht besonders weit gewesen war. Sie konnte ihre Mutter schwerlich retten, wenn sie sich verletzte, indem sie ausrutschte und bis zum Fuß der Treppe stürzte.

Sofern sie überhaupt ein Ende hat. Dies war schließlich kein normaler Keller.

Buffy machte einen weiteren Schritt in die Tiefe. Etwas strich über ihre ausgestreckte Hand, leicht wie Spinnweben, klebrig wie Fliegenpapier. Instinktiv riss sie sie zurück. Das Ding, das sie gestreift hatte, legte sich wie eine große Wolke über Buffys Kopf und verklebte ihre Haare und Lider.

Spinnweben. Riesig große.

Hastig wischte Buffy sie weg und wünschte sich erneut, sie hätte eine Lichtquelle. Es würde eine ziemlich knifflige Sache werden, wenn sie sich die ganze Zeit mit den Händen ihren Weg durch den Keller ertasten musste.

»Du Idiotin«, sagte sie plötzlich.

Sie hatte eine Lichtquelle, und zwar in ihrer Jackentasche. Den einen Gegenstand, den sie mitgenommen hatte. Er mochte vielleicht kein besonders helles Licht abgeben, aber es war immer noch besser, als blindlings durch diese Finsternis zu tappen.

Eilig zog Buffy die Schachtel Streichhölzer aus der Tasche, die sie vom Kaminsims im Wohnzimmer genommen hatte. Sie umfasste die Schachtel vorsichtig mit der Hand und öffnete sie. Es war so dunkel, dass sie die Schachtel nicht einmal sehen und erkennen konnte, welche Seite nach oben zeigte. Das Schlimmste wäre jetzt, wenn die Streichhölzer auf die Treppe fielen, bevor sie dazu kam, eins anzuzünden.

Ihre Finger schlossen sich um eins der Hölzer. Nahmen es heraus. Sie schloss die Schachtel, ertastete den Zündkopf und strich ihn dann über die raue Seite der Schachtel. Das Streichholz brannte schon beim ersten Versuch. Buffy seufzte erleichtert. Es war nicht viel Licht, aber es genügte.

Sie steckte die Streichholzschachtel zurück in ihre Tasche und hielt das Streichholz über den Kopf.

Über dem matten goldenen Lichtschein starrten sie ein Paar Augen von der Farbe von Erbsensuppe an.

»Buffy!«, schrie Willow. »Pass auf!«

Sie spürte, wie die Energie des Kristallkugelzaubers sie durchströmte. Ein starker Schmerz pochte direkt hinter ihren Augen. Aber sie wusste, dass sie nicht den Blick von dem Bild wenden durfte, das sie heraufbeschworen hatte. Denn dann würde sie den Zauber brechen.

»Was ist das für ein Ding da bei ihr?«, hörte sie Xander murmeln. »Der Weiße Riese, ganz grün vor Zorn? Aber der sollte eigentlich auf unserer Seite sein, oder nicht?«

»Es ist groß«, stimmte Oz zu.

Es gibt nichts, was ich tun kann!, dachte Willow. Sie konnte ihrer Freundin nicht helfen. Sie konnte nur zusehen.

Das Bild bewegte sich derart langsam, dass es manchmal schien, als würde Buffy erstarren.

Bin *ich* dafür verantwortlich? Kann ich das Ganze vielleicht beschleunigen?

»Ist das der Punkt, an dem besagte Hellseherinnen verrückt geworden sind?«, fragte sie laut.

Sie spürte, wie Oz ihr die Hände auf die Schultern legte.

»Ruhig«, sagte er sanft.

»Du musst nicht weitermachen, wenn du nicht willst, Willow«, erklärte Giles hinter ihr. »Wir können jederzeit aufhören. Buffy würde nicht wollen, dass du unnötige Risiken eingehst.«

Aber dies ist notwendig, dachte Willow. Buffys Freunde, ihr Unterstützerteam, mussten wissen, was mit ihr geschah. Und ich bin diejenige, die es ihnen zeigen kann.

»Es ist okay«, sagte sie. »Ich schaffe es schon.«

»Buffy ist eine Kämpferin«, meldete sich Angel zu Wort. »Sie wird sich schon etwas einfallen lassen.«

Sie wusste das.

»Ich weiß das.«

Komm schon, Buffy. Lass dir etwas einfallen.

Sie machte das Erste, was ihr einfiel.

Ihre Jägerinstinkte durchzuckten sie wie tausend Volt. Buffy ging in die Knie und sprang dann in die Höhe. Einen Sekundenbruchteil, bevor das Streichholz erlosch, bohrte sie seine brennende Spitze in eins der hellgrünen Augen über ihr.

Ein schmerzerfülltes Heulen gellte durch den Keller. Und im nächsten Moment waren die Augen verschwunden. Buffy landete hart und spürte, wie die Stufe unter ihr nachgab. Sie stolperte die Stiege hinunter und klammerte sich haltsuchend an das Geländer.

Sie merkte, wie sie gegen etwas Dickes, Weiches prallte. Wieder ertönte das Heulen und Buffy spürte, wie lange Klauen über ihre Schulter kratzten. Sie wich zurück, drehte sich zur Seite, hielt sich am Geländer fest, sprang hoch und trat mit beiden Füßen zu. Sie spürte, wie ihre schweren Stiefel gegen etwas traten. Mit einem erneuten Heulen kippte das Ding nach hinten und stürzte die Treppe hinunter. Buffy hörte ein Knacken wie von brechenden Knochen, als ihr Widersacher, das unbekannte Wesen, auf dem Boden aufschlug.

Damit ist eine Frage beantwortet. Jetzt weiß ich, dass es einen Boden gibt.

Zur ihrer Verblüffung ging das Ding nun in Flammen auf. Der beißende Geruch von brennendem Staub stieg der Jägerin in die Nase. Es roch genau wie die Heizung, wenn ihre Mom sie im Winter das erste Mal wieder anstellte.

Vielleicht hatte sie mit diesen riesigen Staubflusen doch nicht ganz Unrecht gehabt.

Buffy blieb auf der Treppe stehen und hob eine Hand, um ihr Gesicht vor den Flammen abzuschirmen, als das Ding am Ende der Treppe wie ein Leuchtfeuer lichterloh brannte.

Es ist eindeutig nicht feuerfest, dachte sie.

Inzwischen heulte es nicht mehr, sodass man mit an Sicherheit grenzender Wahrscheinlichkeit annehmen konnte, dass es tot war. Buffy hatte keine Uhr dabei, aber sie schätzte, dass sie nicht länger als eine Minute gebraucht hatte, um dieses Was-immer-es-auch-war zu erledigen. Wenn sie in diesem Tempo weitermachte, würde sie die Prüfung im Handumdrehen hinter sich bringen.

Wäre das nicht famos?

Und nicht nur das. Das Ding, das sie getötet hatte, würde ihr auch noch bei der Suche nach ihrer Mutter helfen.

Der brennende Haufen am Ende der Treppe war jetzt etwas kleiner geworden. Außerdem war das Ding in seinem Todeskampf zur Seite gerollt, sodass Buffy das Ende der Treppe erreichen und weitergehen konnte, ohne buchstäblich auf heißen Kohlen laufen zu müssen. Sie wusste das zu schätzen. Die Stiefel waren ziemlich neu. Nicht nur das, sie mochte sie auch sehr. Sie würde alles tun, um zu verhindern, dass die Sohlen schmolzen.

Buffy sprang die Stufen hinunter. Am Fuß der Treppe blieb sie stehen. Sie drehte sich um, hob einen Fuß und trat mit aller Kraft auf die unterste Stufe.

Wieder und wieder ließ die Jägerin ihren Fuß auf die Stufe niedersausen. Beim dritten Versuch knackte das Holz splitternd auseinander. Buffy trat noch einmal zu, nur um dem Ganzen das richtige Maß zu verpassen, bückte sich dann und hob ein paar der pflockförmigen Bruchstücke auf. Sie steckte sie in ihre leere Jackentasche.

He. Warum nicht?

Die Regeln der Prüfung besagten, dass sie keine Waffen *mitbringen* durfte, aber es gab keine Bestimmungen, was das Aufsammeln oder die Herstellung von Waffen während der Prüfung anging.

Sie hatte mit Xander oft genug *Star Trek* gesehen, um zu wissen, wie Captain Kirk Schießpulver hergestellt und eine tragbare Kanone gebastelt hatte, um auf einem fremden Wüstenplaneten mit einem Reptiliencaptain zu kämpfen.

Buffy bückte sich erneut, nahm das größte Stück Holz vom Boden, richtete sich auf und drehte sich um. Die Flammen waren zu einem fröhlichen kleinen Lagerfeuer heruntergebrannt.

Und ich habe nicht mal ein paar Grillwürste dabei.

Von neuem Selbstvertrauen erfüllt machte Buffy einen Schritt, steckte das Ende ihres Holzbrettes in das Feuer und wartete, bis es in Brand geriet. Sie wusste, dass ihre improvisierte Fackel nicht lange halten würde, aber sie war immerhin viel besser als ein Streichholz. Wenigstens konnte sie jetzt besser erkennen, wohin sie ging.

»Danke für das Licht.«

Dann hielt die Jägerin die Fackel hoch, als wäre sie eine Kleinausgabe der Freiheitsstatue, und ging tiefer hinein in die Dunkelheit des Kellers.

Halte durch. Ich komme, Mom.

11

Suz befand sich in einer Porträtgalerie. Es ergab nicht den leisesten Sinn. Porträtgalerien waren etwas für Museen, nicht für Wohnhäuser. Sofern man kein König oder so war.

Gibt es Könige in Sunnydale?

Wohl kaum.

Aber wenigstens wusste sie jetzt, woher das seltsame Licht kam, das sie von draußen bemerkt hatte.

Jedes Porträt wurde von zwei langen, zylindrischen Messinglampen beleuchtet, von denen eine oben und eine unten angebracht war. Sie warfen Lichtkreise auf die Leinwand und hoben hier ein Gesicht, dort eine Hand hervor, während der Rest im Schatten lag.

Was ist das für ein Ort?, fragte sie sich.

Obwohl sie hergekommen war, um andere Antworten zu erhalten, trat sie näher. Dies war ihre beste Eigenschaft und gleichzeitig ihr größter Fehler. Das, was bisher niemand bei ihr richtig erkannt hatte.

Ihre Neugierde.

Und sie brachte sie fast immer in Schwierigkeiten.

Es war nicht so sehr der Drang nach Rebellion, der es Suz Tompkins unmöglich machte, sich innerhalb der vorgeschriebenen Bahnen zu bewegen, sondern der Wunsch, mehr über die Natur der Grenzen zu erfahren. Wie weit konnte jemand dazu gebracht werden, sich zu verbiegen?

Es gab nur eine Möglichkeit, dies herauszufinden.

Man musste sich auflehnen, bis das, was einen hemmte, zerbrach. Oder bis man selbst zerbrach.

Von dem angezogen, was an den Wänden hing, trat Suz Tompkins vor das größte der Gemälde. Es war das Porträt eines Soldaten.

Eines Konföderierten, dachte sie. Der Künstler hatte sogar die wehende rote Flagge der Rebellen vor den blauen Himmel im Hintergrund gemalt.

»Stattlich, nicht wahr?«, sagte eine Stimme. Suz Tompkins fuhr zusammen. Sie wirbelte herum und ging sofort in Kampfstellung.

Gibt es irgendeine Grenze für meine Dummheit?, fragte sie sich.

Sie war Buffy mehrere Blocks weit gefolgt und in das Haus eingebrochen, in dem sie verschwunden war, nur um dann ihren Rücken ungeschützt zu lassen. So viel zur Neugierde. Sie hatte schon manchen ins Verderben gestürzt.

Und sie kann auch mich ins Verderben stürzen.

Aber natürlich würde sie nicht kampflos abtreten.

Die Frage war, würde sie kämpfen müssen? Mit zusammengekniffenen Augen studierte Suz die Frau vor ihr.

Sie war groß, so viel stand fest. Aber sie sah aufgeschwemmt und teigig aus. Sie war gekleidet, als wäre sie gerade von einem Begräbnis oder aus der Oper gekommen. Ganz in Schwarz, mit Perlen behangen. Suz wusste bereits, dass diese Frau sich leise bewegen konnte. So leise, dass sie nicht einmal gehört hatte, wie sie in den Raum gekommen war.

Wann hatte sich zum letzten Mal jemand an sie heranschleichen können? Suz konnte sich nicht erinnern. Es musste schon Jahre her sein.

Die Frau sah nicht aus, als würde sie sie angreifen wollen. Sie stand einfach nur da. Sie ist nicht gefährlich, dachte Suz. Auch wenn sie ziemlich massig ist. Wenn ich muss, kann ich sie erledigen.

Sie entspannte sich ein wenig. Rede mit ihr. Finde heraus, was sie will, dachte sie. Sie hatte sich schon aus einer Menge Schwierigkeiten herausgeredet. Es gab keinen Grund zu der Annahme, dass sie es in diesem Fall nicht auch schaffen würde. Außerdem musste sie davon ausgehen, dass die Frau etwas von ihr wollte, oder sie hätte längst Alarm geschlagen.

Suz wandte sich wieder dem Porträt zu und verlagerte ihr Gewicht auf die Fersen für den Fall, dass sie rennen musste. Ihre Stimme klang ruhig, als sie nun sprach.

»Ich mag Männer in Uniform. Wer war er?«

Die Frau trat zu ihr. Suz machte einen gleitenden Schritt zu Seite, aber die Frau in Schwarz traf keine Anstalten, ihr zu folgen. Sie stand nur da und betrachtete das Porträt.

»Mein Gatte. Aber ich vergesse meine Manieren«, fuhr sie fort, ehe Suz eine Antwort auf ihre Erklärung einfiel. »Erlaube mir, mich vorzustellen. Ich bin Zahalia Walker.«

Sie streckte ihre Hand aus.

»Suz Tompkins«, murmelte Suz. In was habe ich mich da nur hineingeritten?, dachte sie. Und wie konnte sie aus diesem Schlamassel wieder herauskommen?

Sie schüttelte die Hand der älteren Frau. Ihre Finger waren weich und schlaff wie eine Hand voll kalter Spaghetti.

»Aha«, machte Suz. »War das dann das Halloweenkostüm Ihres Mannes?«

»Sei nicht albern«, fauchte Zahalia Walker. Ihr Akzent war der einer Südstaatlerin, aber ihr Ton klang genau wie der von Suz' Mutter, wenn sie wegen irgendetwas sauer war. Was oft genug passierte.

Genau das, was ich brauche. Einen Anschnauzer von Miz Scarlett.

»Wir haben das Porträt kurz nach seiner Einziehung anfertigen lassen. Es wurde einen Tag fertig, bevor er zur Armee ging.«

»Und das war…?«

»Achtzehnhunderteinundsechzig.«

Ich musste ja unbedingt fragen, nicht wahr?

Sie tat es schon wieder. Stellte zu viele Fragen. Warum konnte sie nicht ein einziges Mal den Mund halten?

Entweder war diese Frau total verrückt, oder sie war eine erstklassige Schauspielerin, die irgendeine skurrile Show abzog. Soweit Suz es beurteilen konnte, meinte sie es absolut ernst. Der Ausdruck auf ihrem Gesicht hatte sich nicht im Mindesten verändert.

Erinnern Sie mich daran, Sie nie zu fragen, ob Sie mit mir eine Runde Poker spielen, dachte Suz. Aber die Wahrscheinlichkeit, dass sie und diese Frau sich näher kamen, war ohnehin gering.

»Seine Ernennung zum Offizier war der stolzeste Moment in seinem Leben«, fuhr Mrs. Walker fort. Sie wandte ihren Blick von dem Porträt ab und sah Suz an. Ihre Augen waren plötzlich durchdringend. »Außer der Geburt unserer Söhne natürlich.«

Suz bekam plötzlich eine Gänsehaut.

Söhne?

Tu es nicht, warnte sie sich. Frag nicht. Du willst es gar nicht wissen.

Oh, und ob sie wollte. War dies nicht der Grund, warum sie Buffy überhaupt gefolgt war?

»Zwillinge?«, hörte sie sich laut sagen.

»Ja, in der Tat«, antwortete Zahalia Walker. Ihr Südstaatenakzent wurde noch stärker. Sie lächelte und entblößte einen Mund voller glänzender weißer Zähne. »Kanntest du meine Jungs?«

Kanntest, horchte Suz auf. Vergangenheitsform. Was in aller Welt hatte Buffy getan?

»Ich glaube nicht.«

»Oh, aber ich denke schon«, konterte Zahalia Walker. Sie trat einen Schritt näher. Suz wich zurück. »Ich denke, deshalb bist du auch heute Nacht hierher gekommen. Du bist gekommen, um die Jägerin anzufeuern. Ich werde dich nicht fragen, wie du hereingekommen bist. Es spielt auch keine Rolle. Die Tatsache, dass du hier bist, könnte man als Verstoß gegen die Regeln der Prüfung ansehen. In diesem Fall hätte ich bereits gewonnen.«

Prüfung? Augenblicklich gesellte sich zu Suz' Gänsehaut ein kalter Schauder. Diese Frau war verrückt.

»Ich weiß nicht, wovon Sie reden.«

»Wirklich nicht?«

Zahalia Walker lächelte erneut. Dann, bevor Suz auch nur blinzeln konnte, packte sie mit einer Hand ihren Ellbogen. Hart. Sie entdeckte, dass die fleischigen weißen Finger, die sich vor einem Moment noch so kraftlos angefühlt hatten, plötzlich so stark zufassen konnten, dass es schmerzte.

Suz schlug mit dem freien Arm nach ihr, doch die Verrückte packte ihn wie den anderen und hielt ihn fest.

»In diesem Fall gibt es sehr viele Dinge, von denen du nichts weißt, Schätzchen«, sagte Zahalia Walker.

Vor Suz' entsetzten Augen wölbte sich die Stirn der Frau nach vorn und ihre Augen wurden gelb. Ihre Zähne wurden ... etwas, das Suz gar nicht näher betrachten wollte.

Solche Dinge existieren nicht. Sie können nicht existieren.

»Aber du wirst sie erfahren«, flüsterte Zahalia Walker durch ihre langen, spitzen Zähne. »Das verspreche ich.«

In Ordnung. Was jetzt?

Buffys schwere Stiefelschritte hallten durch den Keller, während sie ihn erforschte. Sie bewegte sich an der Kellerwand entlang. Ihre linke

Hand hielt die Fackel, während ihre rechte über das Mauerwerk strich. Sie hatte sich entschlossen, umsichtig vorzugehen.

Das Ganze erinnerte sie ein wenig an den Eignungstest, den sie in der Grundschule gemacht hatte. Nur dass dieser Test totalen Körpereinsatz verlangte.

»Wenn du herausfinden sollst, was innerhalb dieser Form war, was würdest du tun?«, hörte sie in ihrer Erinnerung die Schulpsychologin fragen. Sie konnte sich auch daran erinnern, dass sie den gelben Nummer-Zwei-Bleistift in die Hand genommen und die Umrisse des Dreiecks wieder und wieder nachgezogen hatte. Von innen nach außen.

Übersieh nichts. Finde deine Mom.

Unglücklicherweise hatte sie bis jetzt nur Staub gefunden. Und noch mehr Dunkelheit.

Wie lange bin ich schon unterwegs?

Buffy ging jetzt schneller. Die Finger ihrer rechten Hand kratzten über die Kellerwand. Sie hielt ihre Fackel etwas höher und nach vorn, um weiter in die Dunkelheit hineinsehen zu können. Sie spitzte die Ohren, horchte angestrengt. Das Gefühl, sich beeilen zu müssen, wurde mit jedem Schritt stärker.

Mom! Wo bist du?

»Mom!«, rief sie wieder. »Mom, antworte mir!«

Keine Antwort. Stille.

Buffy kam an eine Ecke und bog nach links. Rannte los.

Warum konnte ihre Mutter nicht antworten? War sie verletzt? Lag sie im Sterben? Was war, wenn Buffy sie nicht rechtzeitig fand?

Wenn sie versagte. Scheiterte.

Hör auf damit!, sagte sie sich grimmig. Hör bloß auf damit.

Jetzt war nicht die Zeit für Selbstzweifel. Dem konnte sie sich in jeder anderen Nacht der Woche hingeben, drüben im Bronze.

Warum kann das Leben nicht einfach sein? Nur dieses eine Mal? Warum musste es immer so hart sein? Warum genügte es nicht, einfach ein paar Vampire zu pfählen? Damit kam sie immer zurecht. Sie wünschte sich im Moment nichts sehnlicher als das.

Unversehens griffen die Finger von Buffys rechter Hand ins Leere, als sich der Keller plötzlich verbreiterte. Buffy reagierte instinktiv, fuhr herum und suchte mit der rechten Hand nach der Wand.

Bevor sie jedoch irgendetwas berührte, tauchte aus der Dunkelheit eine andere Hand auf, packte ihr Handgelenk und zog sie vorwärts.

»Nein!«, keuchte Willow.

Angel warf einen Blick in das bleiche Gesicht des Rotschopfes und entschied, dass es genug war. Er nahm Giles beiseite.

Sich an Giles zu wenden entsprach nicht unbedingt seinem größten Wunsch, aber wenn es jemand gab, der gelernt hatte, wann es Zeit war, seine eigenen Bedürfnisse zurückzustellen, dann er.

»Mir gefällt das nicht«, sagte er mit leiser Stimme. »Es bringt uns nicht weiter. Wir quälen uns nur selbst damit. Ich glaube nicht, dass sie noch länger durchhalten kann.«

»Nun ja, ausnahmsweise muss ich Ihnen zustimmen«, nickte Giles. »Die Frage ist, können wir Willow dazu bringen, den Zauber abzubrechen? Ich muss Ihnen ja nicht sagen, wie halsstarrig sie sein kann.«

Nein, das müssen Sie nicht, dachte Angel. Willows Entschlossenheit im Angesicht der Gefahr hatte ihn mehr als einmal beeindruckt.

»Was ist mit Oz?«

»Guter Gedanke . . .«

»Okay!«

Bei Xanders enthusiastischem Ausruf wandten Angel und Giles ihre Aufmerksamkeit der Gruppe am Kamin zu.

»Es war ein Vamp«, erklärte er. »Sie hat ihn gepfählt. Damit steht's zwei zu null für uns. Was macht ihr beide da drüben? Ihr verpasst die besten Sachen. Wir können die Szenen schließlich nicht wiederholen.«

»Das ist kein Spiel«, erinnerte Angel. »Nicht für Buffy.«

»Sag bloß!«, schoss Xander sofort zurück. »Du musst nicht so tun, als wüsstest du alles, nur weil du älter bist.«

»Hört auf damit!«, rief Willow, während sie weiter in die Schüssel starrte. »Streitet euch nicht. Es macht alles nur noch schlimmer. Mein Kopf . . . er tut so weh.«

»Willow«, sagte Giles drängend. Er trat näher und kniete sich neben sie. »Ich weiß, dass du auf Buffy aufpassen willst, aber bist du sicher, dass du weitermachen sollst? Der Zauber hat dir bereits viel Kraft geraubt. Weiterzumachen könnte . . . deinem Verstand schaden.«

Willows Augen lösten sich keinen Moment von dem Bild der Jägerin. »Wenn Buffy weitermachen kann, kann ich es auch.«

Kein fairer Vergleich, dachte Angel.

»Will«, sagte Oz. »Buffy ist die Jägerin. Du bist es nicht. Du kannst dich nicht mit ihr vergleichen. Du solltest auf Giles hören.«

»Später«, stieß Willow mit zusammengebissenen Zähnen hervor. »Noch nicht. Bitte, Giles.«

»Nun gut«, seufzte Giles. »Aber das nächste Mal hörst du auf mich.«

»Was ist das?«, fragte Xander plötzlich.

»Es sieht aus wie ...«, begann Oz.

»Nein, das ist unmöglich«, fiel ihm Willow ins Wort.

»Es ergibt keinen Sinn«, sagte Angel.

Giles schnaubte. »Seit wann spielt das eine Rolle?«

In der Luft über dem Wasser formte sich das Bild von Cordelia Chase.

»Ich weiß, was Sie sind«, sagte Suz. »Sie sind ein Vampir.«

Sie versuchte, die Nerven zu behalten, aber es fiel ihr schwer. Zuerst war sie an den Haaren ins Wohnzimmer gezerrt worden. Jetzt fesselte das Wesen, das sich selbst Zahalia Walker nannte, sie ans Sofa.

»Sehr gut«, sagte Zahalia, als sie den Strick mit einem letzten, brutalen Ruck festzog. Suz versuchte zu ignorieren, dass er die Blutzirkulation in ihren Beinen abschnürte. Die Vampirmutter grinste und entblößte dabei diese wahrhaft abscheulichen Zähne. »Hast du Angst?«

Was glaubst du wohl?

Suz war schließlich nur ein Mensch. Was mehr war, als sich von dem Ding sagen ließ, das drohend vor ihr stand.

»Ich bin eher angewidert. Genau wie von Ihren Jungs.«

»Rede nicht so über meine Söhne«, fauchte Zahalia Walker. »Sie waren gute Jungs.« Ein lauernder Ausdruck trat in ihre gelben Knopfaugen. »Sie waren gut zu mir«, fuhr sie fort. »Sie haben immer ihr Essen nach Hause gebracht, um ihrer Mutter etwas abzugeben. Die letzten beiden waren dir erstaunlich ähnlich. Vielleicht waren es Freundinnen von dir.«

Suz spürte, wie sie am ganzen Körper zu zittern begann. Wut, Abscheu, Grauen überkam sie. Sie hatte Recht gehabt. Sie hatte es gewusst. Leila und Heidi waren tot. Aber nicht einmal in ihren schlimmsten Träumen hätte sich Suz vorstellen können, dass sie auf diese Weise enden würde.

Was war es für ein Gefühl, wenn einem das Blut ausgesaugt wurde?

Jetzt war nicht gerade der beste Zeitpunkt, ihrer Neugierde nachzugeben, sagte sich Suz. Vor allem, da es nur zu wahrscheinlich war, dass sie es bald herausfinden würde.

»Ich werde es genießen, dich sterben zu sehen«, sagte sie. »Wenn Buffy dich nicht tötet, werde ich es tun.«

Die Vampirmutter warf ihren Kopf zurück und gab ein brüllendes Lachen von sich. »Und wie willst du das machen? Nein, nein. Verrat's mir nicht. Ich liebe gute Überraschungen. Das ist der einzige Grund, warum du noch am Leben bist, Schätzchen. Du bist meine kleine Überraschung für die Jägerin. Und die Überraschung wird natürlich sein, dass du am Leben bist.«

Oh, Gott, dachte Suz. Sie zerrte an ihren Fesseln.

Die Vampirmutter lachte erneut. Sie griff nach Suz' Kopf und hielt ihn fest.

»Kein Angst, es wird nicht wehtun«, versprach sie.

Suz spürte, wie sich etwas Spitzes und Heißes in ihren Hals bohrte.

Und dann schlug Dunkelheit über ihr zusammen.

12

»Cordy?«

Buffy starrte die Gestalt an, die sich vor ihr aus dem Nichts langsam materialisierte, erhellt vom Licht ihrer improvisierten Fackel.

Die Fackel war nach Buffys Begegnung mit dem Vampir nicht mehr im allerbesten Zustand. Sie hatte das Ende der Fackel benutzt, um den Vampir zu pfählen, als der sich geweigert hatte, ihren anderen Arm loszulassen.

Um genau zu sein, die Fackel war nicht das Einzige, was nicht in bester Verfassung war. Auch Cordy hatte schon einmal besser ausgesehen. Sie war an einen Stuhl gefesselt. Oder vielmehr an einen Thron. Stricke waren kreuzweise um ihre Brust und ihre Handgelenke gewickelt. Auf dem Kopf trug sie eine Schönheitsköniginkrone. Sie war gekleidet, als wollte sie zu einem Abschlussball gehen.

Ihr Kopf war nach vorn gesunken, ihr Kinn lag auf ihrer Brust. Und der helle Stoff ihres Abendkleids wies Flecken auf ...

Blut.

Nein! So ist es nicht gewesen!, dachte Buffy.

Cordy war auf diese Weise gefesselt worden, als Marcie Ross sie damals entführt hatte, um Cordy für das bezahlen zu lassen, was sie getan hatte.

Oder genauer gesagt: was sie nicht getan hatte. Sie hatte nicht bemerkt, dass Marcie existierte. Die anderen Schüler der Sunnydale High hatten sie so lange ignoriert, dass Marcie Ross buchstäblich unsichtbar geworden war.

Aber die Sache ist nicht so ausgegangen, dachte Buffy. Vorsichtig trat sie näher. Buffy hatte Cordelia gerettet, Sekunden bevor Marcie ihre Drohung wahrmachen konnte, Cordy ein brandneues Aussehen zu verpassen. Und zwar mit einem Skalpell.

Langsam streckte Buffy die Hand aus und hob Cordys Gesicht. Ihre

Augen waren geschlossen, als würde sie die Tatsache verleugnen, dass Marcie diesmal mehr Erfolg gehabt hatte.

Neue Brauen wölbten sich an Cordys Stirn. Fein gestrichelte Linien wie zwei neue Wimpernpaare waren unter ihre Augen geritzt worden. Die Winkel ihres Mundes waren weit nach oben verlängert, sodass sie bis zu den Wangenknochen reichten.

Cordy sah wie ein verstümmelter Clown aus.

Unvermittelt riss Cordelia die Augen auf. Buffy sprang entsetzt zurück.

»Sieh mich an«, sagte Cordelia. Ihre Stimme klang krächzend, hatte jedoch von ihrer gewohnten Schärfe nichts eingebüßt. »Das ist alles deine Schuld. Du hast sie nicht rechtzeitig aufgehalten.«

»Aber das habe ich«, protestierte Buffy. »Ich habe sie aufgehalten. Erinnerst du dich nicht?«

Ich habe nicht verloren. Ich habe gewonnen.

»Und wie erklärst du dir das?«, fragte Cordelia.

Sag du es mir.

»Was ist *das*?«, fragte Cordelia plötzlich.

»Was ist *was*?«

»Dieses Ding hinter dir.«

Buffy wirbelte herum. Etwas kam aus der Dunkelheit des Kellers auf sie zugerollt.

Etwas, das wie ein abgetrennter Kopf aussah. Er prallte gegen ihre Beine und blieb mit dem Gesicht nach oben liegen.

»Xander?«, sagte Buffy.

Was zum Teufel ging hier vor?

Das hatte sie doch auch verhindert, oder nicht? Xander war nicht Ms. French zum Opfer gefallen, der Biologievertretungslehrerin, die in Wirklichkeit eine männermordende Gottesanbeterin gewesen war, mit der Fähigkeit, den Männern im wahrsten Sinne des Wortes den Kopf zu verdrehen.

Obwohl das wahrscheinlich etwas mit der Tatsache zu tun hatte, dass sie ihnen zu diesem Zeitpunkt schon die Köpfe abgebissen hatte.

Aber ich habe auch diesen Kampf gewonnen, dachte Buffy. Was ist das hier? Eine Art *Buffy Summers: Das war Ihr Leben*, nur mit umgekehrten Vorzeichen?

»Nun, ich habe wegen ihr den Kopf verloren.« Der Mund in Xanders Kopf sprach mühelos, obwohl ihm die Stimmbänder fehlten.

»Was hast du erwartet? Ich bin ein Mann. Solche Dinge passieren uns ständig.«

»Nicht im buchstäblichen Sinn.«

»Oh«, machte Xander. »Heißt das, ich bin zu weit gegangen?«

Ich bekomme allmählich ein schlechtes Gefühl bei der Sache, dachte Buffy. Und zwar ein richtig schlechtes.

Konnte es sein, dass Nemesis sie nacheinander ihrer Siege beraubte? Ihr nur noch ihre Ängste ließ?

Wobei habe ich sonst noch Angst gehabt, es zu vermasseln?, fragte sie sich.

Und wenn sie schon einmal dabei war, wobei hatte sie *keine* Angst gehabt, es zu vermasseln?

»He«, sagte eine neue Stimme.

Ich musste ja unbedingt fragen, nicht wahr?, dachte Buffy, als er halb gehend, halb kriechend ins Licht trat.

Doch auf seltsame Weise machte Oz' Auftauchen Sinn. Es war wirklich nicht nötig gewesen, dass Buffy in seinem Fall etwas vermasselte. Er hatte genug eigene Probleme.

»Pass auf«, sagte Oz. Blitzschnell wich sie zur Seite aus, wobei sie darauf achtete, nicht auf Xanders Kopf zu treten. Sie hob die Fackel. Langsam kam ein Gegenstand in Sicht.

Etwas, jemand wurde von der Decke heruntergelassen. Buffy hörte das Klirren von Ketten, als sich der Körper senkte. Etwas Feuchtes landete auf Buffys Kopf. Sie griff sich an den Kopf und hielt ihre Hand dann ins Fackellicht, um zu sehen, was es war. Obwohl sie es bereits wusste.

Genauso wie sie wusste, was da direkt auf sie zukam.

Blut. Willow. In dieser Reihenfolge.

Das ist alles nur eine Täuschung. Es passiert nicht wirklich, versuchte sie sich zu beruhigen.

Willow war zu Beginn des ersten Highschooljahres in Ketten gelegt worden, nachdem die Gefolgsleute des Meisters sie entführt hatten, um mit Hilfe ihres Bluts den König der Vampire ins Leben zurückzuholen.

Aber es ist nicht geschehen, dachte Buffy wieder. Ich habe auch das verhindert.

Willow sollte nicht mit dem Kopf nach unten und durchschnittener Kehle von der Decke hängen.

»Es tut mir Leid«, sagte Willow. Ihre Stimme war ein seltsames Gurgeln. »Ich schätze, ich habe dir diesmal nicht sehr geholfen.«

»Aber du hast mir geholfen, Will. Wir haben ihn besiegt, erinnerst du dich nicht?«

»Es tut mir Leid«, sagte Willow wieder. »Es tut mir so schrecklich Leid.«

»Hör auf damit!«, schrie Buffy. Wenn es jemandem Leid tun sollte, dann ihr.

Willow hätte sich erst gar nicht in Todesgefahr begeben dürfen. Keiner von Buffys Freunden hätte das je tun dürfen.

Aber sie hatten wieder und wieder ihr Leben aufs Spiel gesetzt.

Und ich bin der Grund dafür.

Weil sie war, was sie war.

Buffy Summers, die Jägerin der Abtrünnigen.

Diejenige, die sich nicht an die Regeln halten wollte, oder zumindest nur an ihre eigenen. Diejenige, die nie eine Chance verpasste, Vorschriften zu ignorieren, zu brechen oder am besten gleich ganz in den Wind zu schießen. Diejenige, die alles und jeden, den sie liebte, in Gefahr brachte, nur weil sie ihren Kopf durchsetzen wollte.

Wie viele Male noch würde Buffy ihre Freunde retten können, bevor diese Albtraumbilder Wirklichkeit wurden. Bevor ihre Freunde nacheinander eines schrecklichen, unnatürlichen Todes starben.

Ihr fiel bereits eine Person ein, die sie nicht hatte retten können.

»Ich habe sie geliebt«, ertönte Giles' Stimme. »Ich hatte nie die Gelegenheit, es ihr zu sagen.«

Oh, Gott, dachte Buffy. Bitte, nicht das.

Giles trat auf sie zu und hielt eine tote Jenny Calendar in den Armen. Buffy war von ihren Freunden umringt. Oder besser gesagt von dem, was von ihnen übrig war.

Ich bin jetzt umzingelt.

Umzingelt von ihrer Vergangenheit. Von den Erinnerungen, die sie in sich trug. Den Gefühlen, die sie nie ganz vergessen hatte.

Es war einer der schrecklichsten Momente in Buffys Leben gewesen, als sie von Jennys Tod erfahren hatte. Weil sie gewusst hatte, dass sie teilweise dafür verantwortlich war. Hätte sie Angel nicht geliebt, in jeder erdenklichen Weise ...

Angel ...

»Du weißt, dass es nur eine Möglichkeit gibt, das hier zu beenden, nicht wahr?«

Angel trat in den Lichtschein von Buffys Fackel. Seine dunklen Augen bohrten sich in ihre. Aber das taten sie immer irgendwie. Intensiver Blickkontakt gehörte zu Angels Naturell.

»Du bist die Jägerin«, fuhr Angel fort. »Ich bin ein Vampir. Ende der Geschichte. So einfach ist das.«

»Ich dachte eigentlich, dass du inzwischen begriffen hättest, dass die Liebe ganz und gar nicht einfach ist«, erinnerte sich Buffy an Nemesis' Worte.

»Nein«, widersprach Buffy. »Das stimmt nicht. Ich will nicht, dass es so endet.«

Angel schenkte ihr ein bitteres Lächeln. »Ich glaube nicht, dass du eine Wahl hast. Du weißt, dass es nur eine Möglichkeit gibt, das hier zu beenden. Du hast mich schon einmal gepfählt. Du kannst es wieder tun. Nur diesmal ...« Er nahm seine Vampirgestalt an.

»Ich schlage vor, du machst es gründlich.«

Mit einem Knurren sprang er sie an.

Buffy duckte sich, fischte Xanders Kopf vom Boden und warf ihn Oz zu.

»Hier! Fang!«, rief sie.

»He«, protestierte Xander. »Geht sacht mit mir um. Ich bin alles, was ich habe!«

Buffy wandte sich Angel zu. Die beiden fingen an, sich gegenseitig zu umkreisen.

»Was ist los?«, höhnte Angel. »Du bist die große, böse Jägerin, nicht wahr? Warum kommst du nicht her? Warum erledigst du mich nicht?«

»Das wird nicht funktionieren, Angel«, gab Buffy ihm zu verstehen. »Ich habe keine Angst vor dir. Und du kannst mich nicht dazu bringen, etwas zu tun, was ich nicht will.«

»Wollen wir wetten?«

Ohne Vorwarnung stürzte sich Angel auf sie. Buffy wich zur Seite aus. Ihr freier Arm schoss nach vorn. Buffys Faust traf Angel am Kinn und ließ ihn zurücktaumeln.

»Das muss man dir lassen«, keuchte er. »Du weißt, wie man einen guten Kinnhaken anbringt.«

»Dann vergiss es nicht. Und jetzt verschwinde.«

»Keine Chance. Es wird Zeit, dass du ein paar Tatsachen ins Gesicht siehst.«

»Zum Beispiel?«

»Wovor du Angst hast.«

Buffy spürte, wie sich in ihrer Magengrube ein kalter, harter Klumpen bildete.

»Du hast Angst, dass du verlieren wirst, nicht wahr?«, stichelte Angel. »Du weißt, dass es stimmt. Denn du weißt, dass du verlieren wirst. Früher oder später wirst du gegen einen Gegner antreten müssen, den selbst du nicht besiegen kannst. Gegen ein Wesen, das stärker ist als du. Dann wirst du wie jede andere Jägerin vor dir sein. Tot.«

»Vielen Dank, das war ich schon«, konterte Buffy.

»Ich habe gehört, dass es einem beim zweiten Mal leichter fällt«, erwiderte Angel.

Buffy spürte, wie die Kälte in ihrem Magen stärker wurde, bis es schmerzte. »Hör auf«, rief sie. »Hör endlich auf damit!«

»Dazu musst du mich erst bringen ...«

Buffy warf die Fackel zu Boden und machte einen Sprung nach vorn.

Sie riss den Fuß hoch und traf Angel unter dem Kinn. Er stolperte zurück, gewann dann aber sein Gleichgewicht wieder.

»Du musst dir schon was Besseres einfallen lassen«, höhnte er.

»Keine Sorge«, antwortete Buffy. »Ich kann dir garantieren, dass das nicht der letzte Treffer war.«

Sie trieb Angel mit einer Reihe von Fausthieben zurück und schlug ihm gegen die Brust. Dann folgte ein rechter Haken. Angel blockte ihn ab. Blitzschnell riss sie den linken Arm hoch, aber auch diesen Schlag blockte er ab.

»Schachmatt«, sagte er.

Buffy rammte ihm den Kopf gegen den Schädel, sodass sie Sterne sah und Angel in die Knie ging.

»Das denke ich nicht.«

Sie hämmerte Angel die Spitze ihres Stiefels ins Gesicht und schickte ihn rücklings zu Boden. Das Blut rauschte in ihren Ohren. Sie sprang hoch und ließ sich mit voller Wucht auf ihn fallen, nagelte seine Arme mit den Knien am Boden fest.

Sie griff in ihre Jackentasche, riss einen Pflock heraus.

»Was wolltest du sagen?«

»Du kannst das nicht, oder?«, sagte Angel. »Du hast zu viel Angst.«

Buffy hatte das Gefühl, als würden mehrere Feuerwerke gleichzeitig in ihrem Kopf explodieren.

Sie war die Jägerin. Angst war etwas für andere. Sie konnte es sich nicht leisten, vor irgendetwas Angst zu haben.

»Feigling«, hörte sie Angel sagen. »Du wirst verlieren und du weißt es.«

Mit einem Aufschrei hob Buffy den Pflock über ihren Kopf.

13

Willow gab einen schrillen Schrei von sich und drehte den Kopf hin und her. Der Schmerz hinter ihren Augen stach wie ein Dolch durch ihren Schädel.

Ich will das nicht sehen, dachte sie. Sie wollte nicht sehen, wie Buffy Angel mit einem Pflock durchbohrte. Nicht einmal, wenn sie wusste, dass der echte Angel direkt neben ihr stand.

»In Ordnung«, hörte sie Giles' Stimme sagen. »Ich habe genug gesehen.«

Willow spürte, wie die Schüssel von ihren Knien genommen wurde. Einen Moment später hörte sie das Zischen von Wasser, das sich ins Feuer ergoss. Rauch füllte den Raum und brannte in ihren Augen. Ihrer Kehle.

Der Schmerz hinter ihren Augen verwandelte sich in heißes, weißes Licht, das abrupt erlosch. Willow schrie auf und kippte zur Seite. Oz' Arme fingen sie rechtzeitig auf, bevor sie auf dem Steinboden aufschlagen konnte.

Aber trotz der Schmerzen wusste sie, was Giles getan hatte.

Wasser löscht Feuer.

Der Kristallkugelzauber war beendet.

»Ich werde ein Fenster öffnen«, sagte Angel. Einen Moment später spürte Willow, wie kühle Luft durch den Raum strich und den Rauch vertrieb.

»Willow«, hörte sie Giles' Stimme sagen. »Kannst du mich hören? Wie geht es dir?«

»Okay, glaube ich«, sagte sie. Langsam setzte sie sich auf. Ihr Kopf dröhnte noch immer, aber der Schmerz war jetzt nicht mehr so schlimm.

»Wie viele Finger halte ich hoch?«, warf Xander ein. Er wedelte mit seiner Hand vor ihrem Gesicht herum.

»Würdest du bitte damit aufhören?«, fauchte Giles.

»Ich versuche nur zu helfen«, murmelte Xander.

»Bist du sicher, dass du in Ordnung bist?«, fragte Giles und sah Willow durchdringend an. »Wie geht es deinem Kopf?«

Willow schenkte ihm ein mattes Lächeln. »Als würde ich eine Familienpackung Aspirin brauchen.«

Giles lehnte sich zurück. »Das ist nicht weiter verwunderlich. Dieser Zauber war viel zu gefährlich für dich, Willow. Ich kann dir nur *dringend* raten, es nicht noch einmal zu versuchen.«

»Das haben Sie dieses Mal ja auch nicht«, bemerkte Angel, als er zurück ins Zimmer kam.

»He«, protestierte Willow. »Ich dachte, du bist auf *meiner* Seite.«

»Ich denke, wir sind hier alle auf derselben Seite«, erklärte Oz.

»Nun ja«, meinte Willow, »aber was machen wir jetzt? Wir sind wieder da, wo wir angefangen haben. Wir wissen nicht, was passiert. Wir stehen im Dunkeln.«

»Und es ist durchaus möglich, dass wir dort auch bleiben werden«, sagte Giles. »Eine der Bedingungen von Buffys Prüfung besagt eindeutig, dass sie allein dorthin geht.«

»Einen Moment«, unterbrach Xander.

»Oh ... natürlich«, rief Giles. »Warum habe ich daran nicht gedacht?«

»Aber wir wissen nicht, wo sie stattfindet«, protestierte Willow.

»Warum habe ich nur dieses Gefühl, dass sich mir gleich der Magen umdreht?«, fragte Xander.

»Ich weiß es«, sagte Angel.

»Wie *bitte?*«, explodierte Giles.

»Ich weiß, wo die Prüfung stattfindet.«

»Nun, warum haben Sie das nicht schon früher gesagt?«

»Ich habe bis jetzt nicht daran gedacht. Außerdem haben Sie nicht gefragt.«

»Wo findet Buffys Prüfung statt?«

»Zweitausend, Elysian Fields Lane.«

»Gut«, sagte Giles und sprang auf. »Ich schlage vor, wir sehen nach, was passiert, wenn wir uns dort ein wenig umschauen, in Ordnung?«

»Würde mir bitte jemand erklären, was los ist?«, jammerte Xander.

»Nemesis hat gesagt, dass Buffy allein gehen muss, aber sie hat nicht gesagt, dass sie allein *bleiben* muss«, erklärte Willow.

»Heißt das, wir tun das, was ich denke, das wir tun?«

Willow nickte. »Die Scooby Gang startet eine Rettungsaktion.«

»Ausgezeichnet.«

Der Pflock pfiff durch die Luft, als Buffy ihn niedersausen ließ, direkt auf Angels ungeschützte Brust. In letzter Sekunde riss sie den Pflock zur Seite.

»In Ordnung. Du kannst das Abonnement von *Psychologie heute* abbestellen. Ich hab's kapiert«, schrie sie.

Hat auch lange genug gedauert.

Sie stand auf, gab Angel frei und warf den Pflock mit einer heftigen Bewegung weg. Ohne sich umzusehen stapfte sie zu der zischenden Fackel.

Es würde nicht mehr lange dauern, dachte sie. Und sie hatte ihre Mom noch immer nicht gefunden, ebenso wenig wie den Weg nach draußen.

Vielleicht hatte Angel Recht. Vielleicht würde sie verlieren.

Denk nicht mal daran, mahnte sie sich. Damit spielte sie Nemesis nur in die Hände. Spielte ihr Spiel.

Was gibt es da unten? Monster?

›Du hast es erraten‹, hatte die Ausgleicherin gesagt.

Aber Buffy dämmerte jetzt, dass etwas anderes, was Nemesis gesagt hatte, viel wichtiger war.

›Wenngleich die Sorte allein von dir abhängt.‹

Zu diesem Zeitpunkt hatte Buffy noch geglaubt, dass Nemesis nur das geheimnisvolle übernatürliche Wesen spielte. Jetzt wusste sie, dass es nicht stimmte.

Nemesis hatte sich nicht geheimnisvoll gegeben. Sie hatte die Wahrheit gesagt.

Und wenn das nicht raffiniert und hinterhältig war, was dann?

Sie hatte sich nicht nur dieser dummen Prüfung unterziehen müssen. Sie hatte auch noch ihre eigenen Monster mitbringen müssen.

Genau das habe ich getan, erkannte sie plötzlich. Sie hatte gegen ihre eigenen Ängste gekämpft. Jene, die sie tagsüber verdrängte. Und die sich jede Nacht in ihre Träume schlichen. Träume, in denen ihre Freunde verstümmelt, tot oder Schlimmeres waren.

Und immer war es ihre Schuld. Immer hatte sie es zu verantworten.

»Du weißt, dass es nur eine Möglichkeit gibt, das hier zu beenden, nicht wahr?«, fragte Angels Stimme wieder.

»Ja, das weiß ich.«

Als wären ihre Worte eine Art Signal, verschwanden ihre Freunde, so wie sie es fast erwartet hatte.

Was gibt es hier unten? Monster, dachte sie.

Völlig richtig.

Und das größte von allen war...

»Hi, ich bin Buffy. Wie heißt du?«, fragte eine Stimme direkt vor ihr.

... Buffy Summers.

Suz Tompkins wachte langsam auf. Was vermutlich besser war, sagte sie sich, als tot zu erwachen.

Ihr Hals fühlte sich an, als hätte jemand einen Eispickel hineingebohrt und die Innenseite dann mit Sandpapier behandelt. Als sie nach unten blickte, entdeckte sie am Revers ihrer Jacke Blutflecken. Sie konnte ihre Arme und Beine nicht fühlen.

Lag es an den Fesseln oder dem Blutverlust?, fragte sie sich.

Nicht, dass es eine Rolle spielte.

Wichtig war nur, dass sie wie ein Lamm zur Schlachtbank geführt worden war. Sie war der Köder.

Und nur um des Effektes willen hatte Mama Walker sie gebissen. Nur ein kleines Bisschen.

Suz spürte, wie etwas Heißes, Scharfes in ihrer Brust hochstieg.

Wut, rein und unverfälscht.

Niemand behandelt mich auf diese Weise.

Irgendwie würde sie aus diesem Schlamassel wieder herauskommen. Irgendwie würde sie einen Ausweg finden. Und wenn ihr das gelang, sollte das Ding, das ihr das angetan hatte, sich lieber warm anziehen.

Niemand legte sich ungestraft mit Suz Tompkins an.

Nicht einmal etwas, das bereits tot war.

Buffy Summers starrte ungläubig.

Im Licht der Fackel konnte sie sich selbst sehen, als wäre sie gerade den Seiten des Fotoalbums entstiegen, das ihre Mutter angelegt hatte.

Ein junges Mädchen von etwa acht Jahren in einem Power-Girl-Kostüm.

Das Gesicht der jüngeren Buffy war nach oben gerichtet, als sie ihr Gegenüber interessiert in Augenschein nahm.

Weiß sie, dass ich es bin – dass wir es sind?, dachte Buffy. Wusste diese jüngere Ausgabe ihrer selbst, dass sie, so unwahrscheinlich dies auch klang, zu etwas heranwachsen würde, das Ähnlichkeit mit einer Superheldin hatte?

Buffy wollte diese Frage gerade beantworten, als eine zweite Stimme erklang.

»Hi, ich bin Buffy. Wie heißt du?«

Oh, Gott, dachte sie. Ich bin überall.

Und da kamen sie, aus den Schatten. Zuerst eine Buffy, dann immer mehr, bis die Jägerin von ihnen umringt war. Zwei Buffys. Vier Buffys. Sechs. Acht. Zehn. Zwölf. Bis es mehr Versionen von ihr gab, als sie zu zählen im Stande war.

Dort war sie in dem feinen Kleid, das sie bei der Verleihung der Abschlusszeugnisse an der Grundschule getragen hatte. Daneben stand eine etwas jüngere Version mit Schlittschuhen. Dieses kleine blonde Mädchen trug die wunderschöne Kombination, die sie immer zum Schlittschuhlaufen angezogen hatte. Eine weiße Bluse mit einem Peter-Pan-Kragen. Einen roten Flanellreifrock, der sich um sie gebauscht hatte, wenn sie ihre Pirouetten drehte.

Sie sah sich selbst als Cheerleaderin, kurz bevor sie zur Jägerin auserwählt worden war. Als kleines Kind im Schlafanzug, das beim Lächeln eine Zahnlücke zeigte und stolz seinen ersten ausgefallenen Zahn hochhielt. Wo sie auch hinsah, überall waren Buffys.

Sie sind ich, dachte Buffy. Ich bin sie.

Was war so schlimm daran?

»Hi, ich bin Buffy. Wie heißt du?«, fragte die Power-Girl-Buffy erneut. Und die Jägerin spürte, wie sich das letzte Teil in das Puzzle einfügte.

Willow hatte ihr den Schlüssel gegeben.

Nemesis: ein Mittel oder ein Akt der Vergeltung.

Okay, dachte Buffy. Ich hab's kapiert. Sie war hier, um einer Prüfung unterzogen zu werden, nicht wahr? Es ging um Vampmamas Rache.

Darum, dass jemand oder etwas einen besiegt oder vernichtet.

Ihre eigenen Ängste beispielweise. Wie jene, ihre Freunde nicht vor dem Tod retten zu können.

Oder ein Gegner, der nicht bezwungen werden kann.

Mann, wer könnte das wohl sein?

Buffy hatte in ihrer Karriere als Jägerin gegen eine Menge Widersacher kämpfen müssen, wovon eine ganze Reihe ihr fast zum Verhängnis geworden wäre, sie fast umgebracht hätte.

Aber es gab nur einen Gegner, von dem sie ohne einen Schatten des Zweifels wusste, dass er jede ihrer Aktionen kontern, jeden ihrer Gedanken vorausahnen konnte. Nur einen Gegner, den Buffy niemals würde besiegen können, ganz gleich, wie hart sie auch kämpfte.

Ich wusste, dass ich jemand in den Hintern treten musste, als ich hierherkam, dachte Buffy. Sie hatte sich nur nicht vorstellen können, dass sie selbst diejenige sein würde, und dann noch in solcher Zahl.

»Hi, ich bin Buffy Summers«, sagte Buffy. »Ich bin die Jägerin. Und ihr seid es nicht. Ihr seid mir im Weg. Ich denke, ihr solltet verschwinden und zwar sofort.«

Die Buffy, die ihr am nächsten stand, eine Version, die ein Halloweenkatzenkostüm trug, lachte und trat näher.

»Okay, dann eben auf die harte Tour«, sagte Buffy. Sie hatte eben nie gewusst, wann sie zurückstecken musste.

Die Jägerin streckte die Hand aus und verpasste ihrem jüngeren Selbst einen kräftigen Stoß. Mit einem erstickten Ausruf kippte die andere Buffy nach hinten, riss die hinter ihr stehende Buffy zu Boden und löste eine Kettenreaktion aus. Die Buffys fielen wie Dominosteine. Beim Aufschlag auf den harten Betonboden des Kellers zersplitterten sie wie Spiegel, bildeten winzig kleine Buffyscherben.

Jene Buffys, die noch immer standen, gerieten in Panik, stürzten sich beißend und kratzend auf die Jägerin und versuchten, sie zu Boden zu werfen.

Buffy verlor die Übersicht über die Zahl derer, gegen die sie kämpfte. Die Fackel wurde ihr aus der Hand geschlagen. Es kamen immer mehr, und der Boden zu ihren Füßen war bald kniehoch von ihren Scherben bedeckt, als die Jägerin sie in tausend Stücke schlug. Diese Bilder des Mädchens, das sie einst gewesen war, aber nie wieder sein konnte.

Und dann waren sie fort. Bis auf eine.

Buffy blickte in die Augen ihrer Power-Girl-Ausführung. Über dem Meer aus zerbrochenen Buffys sahen sich die beiden Mädchen an.

Dann hob die junge Buffy ihr Kinn, eine Geste, die die Jägerin als offene Herausforderung erkannte. Ihr Mund verzog sich zu einem dünnen Lächeln. Ohne ein Wort fuhr sie herum und floh.

Die Jägerin bückte sich, hob die fast abgebrannte Fackel vom Boden auf und folgte ihr.

14

Ich hoffe wirklich, sie weiß, wohin sie geht.

Durch den finsteren Keller verfolgte die Jägerin ihr jüngeres Selbst. Bis sie erschöpft keuchte und die Fackel ausging.

Buffy bemerkte es kaum. Denn jetzt konnte sie vor sich etwas erkennen, etwas, das durch die Dunkelheit leuchtete. Es war kein warmes, angenehmes Licht, wie es durch die Fenster eines gemütlichen Heims in die kalte Winternacht drang, sondern ein fades, grünes Flimmern, das nach Buffys Erfahrung nur eins bedeuten konnte.

Sie hatte ihr Ziel erreicht. Die Höhle des letzten Monsters.

Was wird es wohl diesmal sein?, fragte sie sich. Dämonen? Noch mehr Vampire? Irgendwelche Unterweltkumpel von Nemesis?

Buffy beobachtete, wie ihre Juniorversion ihre Schritte verlangsamte, sich dann umdrehte und ihr einen auffordernden Blick zuwarf. Als würde sie auf Buffy warten, als würde sie wollen, dass sie die letzten Meter der Reise gemeinsam zurücklegten, dachte die Jägerin.

Entweder das, oder sie hatte einfach Angst, allein weiterzugehen. Verständlich. Und ziemlich wahrscheinlich. Buffy war nicht besonders wild darauf, es herauszufinden. Es änderte jedoch nichts an ihrem Vorsatz, alles zu tun, um ihre Mutter zu retten.

Sie warf die nun nutzlos gewordene Fackel weg. Sie brauchte sie jetzt ohnehin nicht mehr. Das Licht war jetzt hell genug, obwohl sie noch immer nicht erkennen konnte, woher es kam. Der Keller ging nun um eine Ecke. Was auch immer dieses fade, grüne Leuchten erzeugte, lag hinter dieser Ecke.

Offenbar hatte Nemesis viel für Spannungseffekte übrig.

Nun, dann los, dachte Buffy. Sie trat zu dem Power Girl und nahm es an die Hand. Seine Finger fühlten sich heiß an, als sie sich um ihre legten, aber der Griff war entschlossen.

Zusammen bogen die beiden Buffys um die Ecke und blieben abrupt stehen.

Das hat mir gerade noch gefehlt, dachte Bufy.

Sie hätte es wissen müssen. Es war nicht ihre größte Angst, bei weitem nicht. Aber sie reichte bis in ihre Kindheit zurück, wo sie direkt hinter ihrer Angst vor der Dunkelheit rangiert hatte.

Nicht die Angst vor dem Tod. Auch nicht die vor Dämonen oder Vampiren. Diese Ängste waren erst viel später hinzugekommen. Das, was durch die Albträume ihrer Kindheit gespukt hatte, waren ...

Spinnen.

Oder wie in diesem Fall *eine* Spinne.

Es war die größte Spinne, die Buffy je gesehen hatte, und in ihren Albträumen war sie schon so manchem Prachtexemplar begegnet.

Diese hier war mindestens halb so groß wie sie und viel breiter. Ihr haariger Körper war von einer weißen Farbe, die Buffy immer mit Hüttenkäse assoziierte. Ihr geschwollener Unterleib war von hochroten Flecken bedeckt.

Sie sahen wie riesige, blutunterlaufene Augen aus. Vielleicht litt sie an einem wirklich üblen Fall von Windpocken. Solche, die im Dunkeln leuchteten.

Womöglich konnte Buffy das zu ihrem Vorteil nutzen. Für solche Wesen war es verdammt schwer, sich im Dunkeln anzuschleichen.

In der unteren rechten Ecke des Spinnennetzes war etwas, das wie ein großer weißer Rhombus aussah.

Der Eiersack, dachte Buffy. Wie kam es eigentlich, dass sie am Ende immer gegen etwas kämpfte, das sich als Mutter entpuppte? Die Bezoar, Natalie French und jetzt das. Vielleicht brauchte sie eine Jägerinfamilientherapie oder etwas in der Richtung.

»Du heißt nicht zufällig Charlotte, oder?«

Beim Klang von Buffys Stimme krabbelte die Spinne los. Sie hob ihre Vorderbeine, als würde sie auf eine Herausforderung reagieren. Jetzt konnte Buffy erkennen, was sich hinter der Spinne befand, in der obersten Ecke ihres Netzes. Etwas, das von ihrem aufgeblähten, fleckigen Rumpf verdeckt worden war.

Es war Joyce.

»Mom!«, schrie Buffy. Hinter ihr gab Power Girl einen klagenden Laut von sich. Joyces Kopf drehte sich in ihre Richtung. Buffy sah, wie ihre Mutter zusammenzuckte, weil die Spinnfäden an ihren Haaren zogen.

»Buffy«, sagte Joyce. Ihre Stimme klang dünn und schwach. Buffy spürte, wie ein Finger aus purem Eis über ihre Wirbelsäule strich. Noch ein paar Minuten, und sie wäre womöglich zu spät gekommen.

»Schatz, wenn du das bist ... komm nicht näher.«

Von wegen, Mom. Buffy war nicht hergekommen, um herumzustehen und zu plaudern. Sie ließ die Hand ihrer Begleiterin los und trat vor.

Sofort setzte sich die Spinne in Bewegung und wich zurück, näher zu Joyce. Es gab für Buffy keine Möglichkeit, ihre Mom vor der Spinne zu erreichen.

Buffy blieb stehen. Die Spinne blieb stehen.

Eine Pattsituation.

Die Jägerin überdachte ihre Möglichkeiten.

Eine kleine Ablenkung käme jetzt sehr gelegen. Nur bedauerlich, dass die Chancen, eine zu inszenieren, im Moment nicht besonders gut standen. Sie konnte nicht die Spinne ablenken und gleichzeitig ihre Mutter retten. Die jüngere Buffy blickte zu der Jägerin auf, als würde auch sie nach einer Lösung suchen. Dann ging sie auf das Netz zu. Geradewegs zu der Ecke mit dem Eiersack.

Buffy bekam eine Gänsehaut. Ihr jüngeres Selbst zu beobachten, war wie das Déjà-vu einer Situation, von der Buffy wusste, dass es sie nie gegeben hatte. Sie musste sich nicht fragen, was das Mädchen in dem Power-Girl-Kostüm, das sich gelassen dem riesigen Spinnennetz näherte, als Nächstes tun würde. Sie wusste es bereits.

Sie würde der Jägerin die nötige Ablenkung liefern.

Blitzartig schlug eine Woge aus wilder Freude über Buffy zusammen. Sie konnte fast spüren, wie in ihrem Kopf ein Licht anging. Wie der Groschen fiel. Wie die Hintergrundmusik anschwoll, als der Chor einsetzte.

Wurde auch Zeit, dachte sie.

Sie verstand nun, warum ihre Mutter überhaupt ein Fotoalbum angelegt hatte. Verstand, was diese jüngere Ausgabe ihrer selbst ihr zu zeigen versuchte.

Sie war dieses Mädchen, ebenso gut wie all die anderen Buffys. Die Tatsache, dass sie zu etwas herangewachsen war, das keine von ihnen hatte vorhersagen können, bedeutete nicht, dass sie sie verraten, dass sie alle hinter sich lassen musste. Sie hatte sich nicht zu einem Freak, einer Enttäuschung entwickelt.

Sie war nicht ihre eigene Nemesis. Sie musste nicht gegen sich selbst kämpfen. Nicht der Gegner sein, den sie nie besiegen konnte. Stattdessen konnte sie Teil einer endlosen Kette von Buffys sein. Jede einzelne von ihnen war ein Teil von dem, was sie in diesem Moment war.

Wenn sie jetzt gewann, bestanden alle die Prüfung.

Und um das zu tun, musste sie nur aufrichtig zu all dem stehen, was sie jetzt war, was sie je zuvor gewesen war. Sie musste nicht gegen ihre Vergangenheit ankämpfen, um ihre Mutter zu retten. Sie musste sie sich zu Nutzen machen.

Buffy musterte ihr jüngeres Selbst. Das Mädchen starrte den Eiersack an. Buffy griff in ihre Jackentasche und spürte, wie sich ihre Hand um den letzten verbliebenen Pflock schloss. Sie zog ihn heraus und warf ihn der jüngeren Buffy zu, die ihn geschickt auffing.

Für einen Moment blickte das Mädchen im Power-Girl-Kostüm zu der Jägerin auf. Dann richtete sie ihre Aufmerksamkeit auf das spitze Ende des Pflocks und legte den Kopf zur Seite.

»Tu es«, sagte die Jägerin.

Die Kleine ließ ein Grinsen aufblitzen. Sie umklammerte das dickere Ende des Pflocks und rammte die Spitze in die Mitte des Eiersacks.

Die Mutterspinne reagierte sofort. Zischend krabbelte sie über das Netz auf sie zu. Auf halbem Weg zwischen Joyce und den beiden Buffys verharrte die Riesenspinne. Fuchtelte nervös mit den Vorderbeinen. Buffy hätte schwören können, dass sie ihre Gedanken gelesen hatte.

Natürlich vorausgesetzt, dass Spinnen denken konnten.

Was war wichtiger, ihre Beute oder ihre Kinder zu verteidigen? Die Spinne bewegte sich ein Stück weiter.

Ihre Kinder.

Buffy lächelte ihr jüngeres Selbst an. »Gut gemacht«, lobte sie.

Das kleine Mädchen, das Buffy einst gewesen war, blickte erneut mit leuchtenden Augen zu ihr auf und hielt ihr den Pflock hin.

»Okay, von jetzt an übernehme ich«, sagte die Jägerin und griff nach dem Pflock. In dem Moment, als Buffy die Hand ihres jüngeren Selbst berührte, löste sich dieses in Luft auf, und Buffy stand allein vor dem Eiersack, mit dem Pflock in der Hand.

Nun sind wir wieder vereint, dachte sie.

Es wurde Zeit für Action.

»Lass meine Mutter in Ruhe.«

Buffy hielt den Pflock fest umklammert, hob ihn über den Eiersack und ließ ihn dann niedersausen.

Die Mutterspinne wandte sich von Joyce ab und krabbelte los, um ihre Kinder zu retten, als eine gelatinöse Masse aus dem Sack quoll und zu Boden tropfte. Buffy ignorierte die Tropfen, rannte am unteren Rand des Netzes entlang, klemmte den Pflock wie einen Piratendolch zwischen die Zähne und kletterte hinauf zu ihrer Mom.

Die Spinnenseide klebte an ihren Händen und Füßen und machte ihren Aufstieg quälend langsam. Beeil dich, dachte sie. Beeil dich.

Sie erwartete jeden Moment, dass die Spinne sie von hinten ansprang. Buffy hasste es zutiefst, ihren Rücken ungeschützt zu lassen, aber es war die einzige Möglichkeit, um zu Joyce zu gelangen. Sie hatte bis jetzt nur einen Teil der Prüfung bestanden.

Buffy hatte das Geheimnis der Prüfung entdeckt und war dabei, ihre Mutter zu befreien. Damit blieb nur noch der letzte Teil: von hier verschwinden. Lebend.

Sie erreichte ihre Mutter und hackte auf die Fäden ein, die sie festhielten.

»Es ist alles gut. Ich bin hier, Mom. Kannst du gehen?«

Sie sah, wie Joyce schluckte und den Mund öffnete, um zu sprechen. Aber kein Laut drang heraus.

»Mom, ich brauche unbedingt eine Antwort von dir«, drängte Buffy. »Glaubst du, dass du gehen kannst, wenn wir unten sind?«

Joyce nickte matt. Beim zweiten Versuch gelang es ihr, sich verständlich zu machen. »Ich glaube schon«, sagte sie mit schwacher Stimme. »Aber ich ... fühle mich nicht besonders gut. Liegt wahrscheinlich am Spinnengift.«

Denk nicht darüber nach, sagte sich Buffy grimmig, während sie Joyces Arme aus dem Netz befreite.

»Vielleicht solltest du vorangehen«, sagte Joyce, als Buffy die Fäden um ihre Beine zerschnitt. »Ich komme nach.«

»Kommt gar nicht in Frage, Mom«, sagte Buffy, als Joyces Knie nachgaben und sie nach vorn kippte. Buffy kletterte das Netz hinunter, wobei die klebrigen Fäden an ihren Händen zogen, und fing ihre Mutter einen Sekundenbruchteil, bevor sie auf dem Betonboden aufschlug, auf. Sie zog sie hoch und half ihr dann, sich von dem Netz zu lösen.

»Vielleicht hilft dir Bewegung«, meinte sie. »Du weißt schon, die Blutzirkulation wieder in Gang bringen und so.«

»Vielleicht«, murmelte Joyce. »Nur ... Buffy ...«

»Was?«, sagte die Jägerin und versuchte, nicht allzu gereizt zu klingen. Verstand ihre Mutter denn nicht, dass dies eine Rettungsaktion war? »Mom, jetzt ist wirklich nicht der beste Zeitpunkt für ein inniges Gespräch, weißt du.«

»Ich weiß«, sagte Joyce. »Es ist nur ... wie auch immer, vielleicht sollten wir uns wirklich besser beeilen, Schatz.«

Buffy fuhr herum und schirmte instinktiv ihre Mutter mit ihrem Körper ab.

Die Spinne war direkt hinter ihr.

Buffy konnte die zahllosen roten Knopfaugen der Spinne sehen. Sie hätte schwören können, dass stinkender Spinnenatem zu ihr herüberdrang. Die Spinne machte einen winzigen Schritt vorwärts.

»Uh, uh«, murmelte Buffy und hob den Pflock. »Ich glaube, dafür ist es zu spät.«

Sie stürzte los, holte mit dem Pflock aus und stach nach dem Gesicht der Spinne. Mehrere der roten Augen erloschen. Die Spinne fiel auf den Rücken und zappelte mit den haarigen Beinen.

»Komm«, sagte Buffy und griff nach Joyces Arm. »Wir verschwinden.«

Sie hatte gerade zwei Schritte gemacht und ihre Mutter an sich vorbeigelassen, da fiel die Spinne über Buffy her und hackte nach ihrem Rücken, ihren Armen.

»Mom, lauf!«, befahl Buffy, als sie herumfuhr und mit dem Pflock zustach. Grüner Schleim quoll aus einem Vorderbein der Spinne. Buffy sprang zurück. Das Letzte, was sie brauchte, war ein Bad in Spinnenschleim. Schon mit Rücksicht auf die chemische Reinigung.

Sie prallte hart gegen ihre Mutter und stolperte.

»Warum bist du noch immer hier?«, fragte Buffy, als sie ihr Gleichgewicht zurückgewann. Die Spinne krabbelte erneut auf sie zu und fuchtelte mit ihrem rechten Vorderbein herum. Buffy duckte sich und ließ den Pflock von einer Hand in die andere wandern.

»Ich kann dich nicht einfach allein lassen«, antwortete Joyce hinter ihr.

»Mom, du musst mir in diesem Fall wirklich vertrauen. Jetzt ist keine Zeit für mütterliche Heldentaten. Wir kommen hier nur mit heiler Haut raus, wenn du zuerst gehst.«

Buffy verfolgte, wie die Spinne die Beine anzog. Uh, oh. Sie hatte gar kein gutes Gefühl dabei. Irgendwie wusste sie, was als Nächstes passieren würde.

»Aber...«

»Geh einfach!«, stieß Buffy hervor. Sie hörte, wie ihre Mutter hinter ihr ein paar zögernde Schritte machte.

Die Spinne sprang und landete genau dort, wo sich Joyce noch einen Augenblick zuvor befunden hatte. Jetzt war sie zwischen Buffy und ihrer Mutter. Das gute alte Prinzip des Trennens und Besiegens. Buffy hörte Joyce auf der anderen Seite des Monstrums aufschreien.

Sie wich mehrere Schritte zurück, nahm Anlauf und machte dann einen gewaltigen Sprung.

Im Flug drehte sie sich und zielte mit dem Pflock nach der Unterseite des ihr am nächsten stehenden Hinterbeins der Spinne. Grüner Schleim spritzte heraus, als sich die Holzspitze tief ins Fleisch bohrte.

Buffy landete und rutschte in einer Pfütze Spinnenschleim aus. Sie schlug hart mit dem Rücken auf dem Kellerboden auf, sodass ihr die Luft wegblieb.

Wie kommt es, dass ich nie auf etwas Weichem lande?, fragte sie sich, während rote Punkte vor ihren Augen tanzten.

Warum musste es immer etwas Hartes sein? Beton. Asphalt. Der Steinboden einer Gruft. Solche Dinge.

Würde es gegen eine wichtige Jägerregel verstoßen, wenn ich zur Abwechslung mal auf etwas landen würde, das weniger dazu angetan ist, mögliche Knochenbrüche zu verursachen? Etwas, das ihrem Gegner nicht half, indem es einfach war, was es war?

Eine weitere Sache, die ich Giles fragen muss, dachte sie. Vorausgesetzt, dass ich lebend hier herauskomme, um ihn überhaupt fragen zu können. Sie schüttelte den Kopf und blinzelte durch die Schleier vor ihren Augen.

Aber die verschwommene, sich bewegende Masse vor ihren Augen verschwand nicht. Sie lag unter der Spinne. Sie musste unbedingt versuchen aufzustehen. Denn wenn sie es nicht tat, würde die Spinne zweifellos etwas absolut Scheußliches mit ihr anrichten.

Sie zum Beispiel wie einen Käfer zerquetschen.

Die Spinne war bereits dabei, sich aufzurichten, und brachte ihren Unterleib in die entsprechende Position. Zu spät, um aus dem Weg zu rollen. Buffy hatte gerade noch Zeit, die Knie anzuziehen und sich auf die Seite zu drehen, bevor sich der Spinnenunterleib senkte.

Ich lass mich nicht in einen Pfannkuchen verwandeln.

Buffy kam auf die Knie und streckte dann den Arm mit dem Pflock aus. Sie hörte, wie die Spinne aufkreischte, als sie ihren Unterleib, dessen Haut sich trotz seines weichen Aussehens als zäh und dick erwies, mit der Spitze berührte.

Die Spinne senkte sich weiter auf Buffy herab, legte sich zu beiden Seiten um sie und drohte die Jägerin zu ersticken.

Wer hätte geahnt, dass man mit Arachniden Verstecken spielen konnte?

Wenn Buffy nachgab, würde sie mit Sicherheit zerquetscht werden. Jedoch wenn die Spinne ihren Unterleib nicht hob, riskierte sie es, aufgespießt zu werden.

Wessen Wille war stärker? Der der Jägerin oder der der Spinne?

Andererseits – hatten Spinnen überhaupt einen freien Willen?

Okay, dachte Buffy. Genug ist genug. Wenn sie schon so weit war, dass sie mitten in einem Kampf philosophische Fragen stellte, war es eindeutig Zeit, die Dinge zu beschleunigen. Sie konnte nicht die ganze Nacht hier kauern. Sie musste sich um ihre Mutter kümmern.

Sie senkte die freie Hand und benutzte sie als Hebel, um sich in eine Hocke zu stemmen. Sie spürte, wie ihr Arm mit dem Pflock unter dem stärker werdenden Druck der Spinne zitterte. Sie spannte die Muskeln an.

Diesmal muss ich allein zählen, Angel, dachte Buffy.

Eins. Zwei. Wie gewöhnlich kam sie nicht bis drei.

Die Jägerin stieß den Pflock abrupt nach oben. Sie konnte spüren, wie die Spinnenhaut über ihr nachgab und die Spitze sich endlich ins Fleisch bohrte. Mit einem ohrenbetäubenden Kreischen bäumte sich die Spinne auf. Nicht viel. Aber es genügte.

Buffy ließ den Pflock los, machte eine schnelle Drehung, schlängelte sich unter dem Spinnenleib hervor, holte mit dem rechten Fuß aus und trat mit voller Wucht gegen den Teil des Pflockes, der aus dem Körper hervorsah. Sie spürte, wie er sich tief in das Fleisch des Ungetüms bohrte. Die Spinne heulte vor Schmerz und bäumte sich erneut auf, höher diesmal. Ein Schleimschwall ging auf Buffy nieder.

Immer dieser Schleim.

Diesmal versuchte sie nicht einmal, ihr Gleichgewicht zu bewahren. Sie landete bäuchlings auf dem Kellerboden und sprang sofort wieder auf.

Die verwundete Spinne zuckte und warf sich wild hin und her. Sie machte kreisende Bewegungen mit dem Unterleib, um den Pflock abzuschütteln. Buffy hörte ein Übelkeit erregendes dumpfes Klatschen, als sie gegen die Wand prallte. Von der Decke regneten riesige Brocken Mauerwerk herab. Um sie herum begannen die Wände des Kellergewölbes zu beben.

Wir müssen schleunigst von hier verschwinden, dachte sie. Bevor die Spinne das ganze Haus über uns zum Einsturz bringt.

»Mom!«, schrie sie.

Stille. Falls man überhaupt von Stille reden konnte, wenn man einen Raum mit einer Riesenspinne im Todeskampf teilte.

Buffys Herz klopfte bis zum Hals. Wo war ihre Mutter?

Die Spinne lag jetzt auf dem Rücken und schlug mit den Beinen um sich. Buffy umging sie in einem großen Bogen. Ein paar Schritte weiter fand sie ihre Mutter auf dem Boden liegen.

Für einen herzzerreißenden Moment fürchtete Buffy, dass ihre Mutter tot war. Dass sie nicht schnell genug gewesen war. Dann erkannte sie, dass sich ihre Brust in flachen Atemzügen hob und senkte und dass ihre Augen offen waren und zu ihr aufblickten.

»Mom, wir müssen *sofort* weg von hier.«

»Ich weiß das, Schätzchen«, sagte ihre Mutter. »Es ist nur... ich fürchte, ich brauche deine Hilfe.«

»Wir werden zusammen gehen, Mom«, sagte die Jägerin.

Sie half Joyce auf die Beine und zog sie dann mit sich durch den Keller. Je weiter sie kamen, desto heller wurde es, wie um zu bestätigen, dass Buffy nicht länger im Dunkeln tappte. Sie hatte ihre Prüfungen bestanden. Sie konnte ihren Weg jetzt sehen.

Keine Buffyscherben mehr. Keine Spur von Xanders Kopf.

Jetzt blieb nur noch eins zu tun.

Buffy und Joyce erreichten das Ende der Kellertreppe. Die Asche des ersten Monsters war verschwunden, die unterste Stufe ersetzt. »Komm«, drängte Buffy. »Es ist nur noch ein kleines Stück.«

Nur noch diese Treppe, und dann waren sie frei. Buffy ging voran und zog ihre Mutter hinter sich her.

Sie erreichte die Tür. Drückte die Klinke.

Sie war verschlossen.

»Oh, auch das noch.« Buffy hob einen Fuß und trat zu. Die Tür wurde halb aus ihren Angeln gerissen. Dann war Buffy durch die Öffnung und zog ihre Mutter aus dem Keller. Sie trat die Tür zu und lehnte dann Joyce dagegen, die langsam nach unten rutschte. Buffys Knie gaben plötzlich nach, und sie setzte sich neben sie.

Sie konnte sich jetzt ein wenig ausruhen. Sie hatte es geschafft. Sie hatten den Keller verlassen. Die Prüfung war vorbei. Ihre Mom war in Sicherheit.

Ich habe es geschafft. Ich habe gewonnen.

Sie drehte den Kopf, sah Joyce an und stellte fest, dass die Augen ihrer Mutter bereits auf sie gerichtet waren.

»Ich hoffe nur, dass das kein neues Hautpflegemittel ist, an dem dein Herz hängt«, sagte Joyce matt, während sie den Schleim von Buffys Gesicht wischte. »Denn ich muss dir sagen, dass es scheußlich riecht.«

»Sobald ich nach Hause komme, nehme ich ein Schaumbad«, versprach Buffy. Sie nahm die Hand ihrer Mutter und drückte sie fest. »Wir haben es geschafft, Mom. Wir haben gewonnen. Wir können nach Hause gehen.«

»Du hast es geschafft, meinst du«, antwortete ihre Mutter. Sie erwiderte den Druck ihrer Hand. »Ich schätze, das bedeutet, ich sollte jetzt aufstehen.«

»Sofern du nicht noch eine Weile hier bleiben willst.«

»Nicht sehr wahrscheinlich«, sagte Joyce.

Langsam standen die beiden auf.

»Ich fühle mich, als hätte ich einen fürchterlichen Kater«, sagte Joyce.

»Im Gegensatz zu einem netten?«, fragte Buffy. Sie hakte sich bei ihrer Mutter ein. Zusammen durchquerten sie die Küche und gingen ins Wohnzimmer.

Joyce drehte ihren Kopf hin und her und betrachtete nachdenklich das Blumenmuster der Tapete.

»Wer in aller Welt wohnt hier?«, fragte sie.

»Niemand, den du kennen lernen wolltest«, versicherte Buffy und fragte sich, wo Nemesis steckte und wann die Prüfung offiziell beendet war.

Sie blickte auf ihre Füße und half ihrer noch immer auf schwankenden Beinen stehenden Mutter die kurze Treppe hinunter ins tiefer liegende Wohnzimmer.

»Wir müssen nur noch durch diesen Raum und dann ...«

»Buffy«, sagte ihre Mutter. Ihr Tonfall klang nicht besonders beruhigend.

Buffys Kopf ruckte hoch. Sie blieb wie angewurzelt stehen.

Auf der anderen Seite des Wohnzimmers lag eine Gestalt ausgestreckt auf einem der unbequemen Sofas, an dessen hölzernen Beinen sie mit Händen und Füßen festgebunden war.

Buffy verfolgte, wie die Gestalt langsam den Kopf hob. Ihr Gesicht war wächsern. Selbst aus der Entfernung konnte Buffy den dünnen Blutfaden an einer Seite des Halses erkennen.

»Suz?«

»Buffy ...«, krächzte Suz. »Ich dachte ...«

»Sie dachte, sie hätte alles durchschaut«, sagte eine Stimme hinter Buffy.

Sie wirbelte herum und zog ihre Mutter hinter sich.

»Genau wie du«, sagte Zahalia Walker. »Aber ich wäre mir dessen nicht so sicher, wenn ich du wäre. Du wirst nicht von hier weggehen, bevor ich mit dir fertig bin.«

15

»Einen Moment!«, rief Xander. »Sie hätten gerade rechts abbiegen müssen.«

»Hör auf, mir von da hinten Ratschläge zu erteilen«, fauchte Giles. Er machte eine so scharfe Kehrtwende, wie es sein Auto erlaubte, und passierte Oz' Lieferwagen, der ihnen folgte. Bremsenquietschen verriet, dass auch Oz gedreht hatte.

»Ich sitze nicht hinten«, konterte Xander. »Ich sitze vorne, neben Ihnen. In Amerika nennen wir das den Beifahrersitz.«

»Würdest du bitte aufhören, mich vollzuquasseln, damit ich mich konzentrieren kann?«, fragte Giles. »Ich kenne mich in diesem Teil der Stadt nicht besonders gut aus.«

»Ein Punkt, der selbst mir auffällt – he!«, schrie Xander, als der Citroën mit quietschenden Reifen um eine Ecke schoss. »Sie sollten doch links abbiegen, Giles!«

»Ich kann mich deutlich erinnern, dass du rechts gesagt hast.«

»Da sind wir auch in die entgegengesetzte Richtung gefahren.«

»Oh, verdammt.«

Buffy stemmte ihre Arme in die Hüften und sah die Vampirmutter herausfordernd an.

»Was ist dein Problem?«, fragte sie. »Weißt du nicht, wann du verloren hast? Du hast um diese Prüfung gebeten. Du hast sie bekommen. Du hast verloren. Ich habe gewonnen. Ich werde meine Mutter von hier wegbringen und verschwinden. Ende der Geschichte. Und niemand hat dir gesagt, dass du an meinen Freunden naschen sollst.«

»Es hat einige Änderungen gegeben«, erklärte Zahalia Walker. »Niemand bringt meine Jungs um und kommt ungestraft davon, du eingeschlossen, Jägerin. Nemesis oder nicht Nemesis. Du hast zwar die Prüfung bestanden, aber an mir kommst du nicht vorbei.«

»Das werden wir ja sehen«, knurrte Buffy. »Mom. Geh. Sofort.«

»Ich werde dich nicht ...«, begann Joyce Summers.

»Tu, was ich dir sage«, schrie die Jägerin. Dann senkte sie den Kopf und rannte direkt auf Zahalia Walker zu.

Die Vampirmutter gab ein Grunzen von sich, als Buffy ihr den Kopf in den Bauch rammte. Sie kippte nach hinten und griff Halt suchend nach Buffys Schultern. Die Jägerin ließ sich von der Vampirin zu Boden reißen. Sie rollte weiter und schlug einen Salto über Vampmamas Kopf, landete dann auf den Füßen und wirbelte herum. Zahalia Walker war gerade dabei aufzustehen.

Die Prüfung ist vorbei. Mama Vamp ist leichte Beute. Wo also ist ein guter Pflock, wenn ich ihn wirklich brauche?

»Ich werde dich töten«, drohte Mrs. Walker, als sie wieder auf den Beinen stand. »Ich werde dich töten und deine Mutter dabei zusehen lassen. Genau wie ich zusehen musste, wie du meinen Webster getötet hast. Dann werde ich deine Mutter in eine von uns verwandeln. Es ist heutzutage gar nicht einfach, eine gute Bridgepartnerin zu finden.«

»Dazu wirst du keine Chance bekommen«, sagte Buffy.

»Versuch doch, mich aufzuhalten.«

Bevor die Vampirmutter ihren Satz beenden konnte, war Buffy bereits in Bewegung. Sie sprang hoch und verpasste der Vampirin einen Tritt, der sie zur Seite schleuderte. Dann folgte ein Tritt gegen die Brust. Die Vampirmutter prallte gegen die Wand. Eine ihrer fetten Fäuste schoss vor und bohrte sich in Buffys Gesicht. Die Jägerin wankte.

Autsch.

»Wenn ich mir die Nase richten lassen muss, wirst du dafür bezahlen.«

Zahalia Walker lachte. »Wenn ich mit dir fertig bin, Jägerin, wirst du dir um deine Nase keine Sorgen mehr machen. Du wirst dann kein Gesicht mehr haben.«

Buffy erhaschte aus den Augenwinkeln eine Bewegung. Ihre Mutter hatte Suz' Arme befreit und löste jetzt die Fesseln an ihren Beinen.

Gute Arbeit, Mom.

Die Vampirmutter näherte sich den beiden, doch Buffy versperrte ihr den Weg. Sie musste sich um jeden Preis zwischen sie stellen.

Dieses Scheusal wird meiner Mutter nichts antun.

»Warum greifst du mich nicht einfach an, Jägerin?«, fragte Zahalia Walker. »Kann es sein, dass du müde wirst? Ich kann die ganze Nacht weitermachen. Ich kann ewig weitermachen. Du nicht. Du bist sterblich.«

»Und zu Tränen gerührt«, höhnte Buffy.

Warum habe ich es immer mit schwatzhaften Vampiren zu tun?

Aber auch wenn sie es hasste, es zuzugeben, Vampmama hatte Recht. Buffy *war* sterblich. Und sie war müde. Ihre Arme fühlten sich schwer an. Ihre Beine waren wie aus Gummi.

»Und was ist das für eine abscheuliche Substanz, die du überall auf meinen schönen Teppich verstreust?«, fuhr die Vampirmutter fort. »Hat man dich in einer Scheune oder so großgezogen? Ich werde ein Wörtchen mit deiner Mutter reden müssen. Bevor ich ihr Blut trinke, versteht sich.«

Buffy warf erneut einen kurzen Blick über die Schulter. Suz' Beine waren jetzt ebenfalls frei. Joyce rieb sie, um die Blutzirkulation wieder in Gang zu bringen. Langsam bewegte sich Buffy zu einer Seite des Wohnzimmers, wo ein kleiner Tisch an der Wand stand.

Suz und Joyce waren jetzt auf den Beinen und wichen in Richtung Flur zurück.

»Du glaubst doch nicht im Ernst, dass ich sie entkommen lasse, oder?«, fragte die Vampirmutter.

Jetzt oder nie, dachte Buffy.

Sie sprang zu dem Tisch, während sich im selben Moment die Vampirmutter auf sie stürzte. Sie traf Buffy mit voller Wucht, und beide landeten auf dem Tisch, der unter ihnen zusammenbrach. Buffy prallte gegen die Wand und rutschte an ihr nach unten. Sie spürte, wie sich spitze Holzsplitter in ihren Rücken bohrten, als sie auf dem Boden landete. Ihr blieb die Luft weg.

Pfähl dich nicht selbst, du Idiotin! Die Vampirin! Die Vampirin!

Buffy hatte jetzt jede Menge Holz. Das Problem war, die Holzsplitter einzusetzen. Zuerst musste sie wieder zu Atem kommen. Und dann musste sie die Vampirin abschütteln.

Zahalia Walker hatte Buffy an den Haaren gepackt. Sie zog den Kopf der Jägerin hoch und hämmerte ihn dann gegen den Boden. Einmal. Zweimal.

»Das ist für Webster. Das ist für Percy«, sagte die Vampirmutter. Sie hämmerte Buffys Kopf ein drittes Mal gegen den Boden und riss ihn dann zur Seite. Die Jägerin spürte, wie ihr Puls raste. Sie wollte sich aufbäumen, aber Zahalia Walkers massiger Körper nagelte sie an den Boden.

»Und das«, sagte sie, als sie ihr Gesicht ganz nahe an Buffys heranbrachte und den Mund öffnete, »das ist für mich.«

»Ich bitte um Verzeihung.« Obwohl Buffy immer noch Sterne sah, konnte sie die Hand erkennen, die der Vampirmutter auf die Schulter klopfte. »Entschuldigen Sie«, fuhr die vertraute Stimme fort. »Es tut mir Leid, dass ich stören muss.«

Mit einem Knurren fuhr Zahalia Walker herum. Offenbar war ihr Killerinstinkt nicht stark genug ausgeprägt, um sie ihre guten Manieren vergessen zu lassen.

»Was?«, grollte sie.

»Das«, sagte Joyce Summers.

Einen Moment später lag Buffy in einem Haufen Vampirstaub. Suz Tompkins stand über ihr, ein Tischbein in der Hand, das gesplitterte Ende auf Buffy gerichtet.

»Das war für Leila und Heidi.«

»Gut gemacht«, sagte die Stimme der Ausgleicherin.

»Wurde auch Zeit, dass du auftauchst«, sagte Buffy. »Die Regeln des Fairplays sind dir vermutlich nicht vertraut, oder?«

Sie setzte sich auf und ließ sich dann von Suz hochziehen. Der Vampirstaub vermischte sich mit dem Spinnenschleim.

Von der Eingangshalle drang ein Krachen. Was war das?

»Das ist besser niemand, den du kennst«, sagte sie zu der Ausgleicherin.

Sie beobachtete erstaunt, wie Angel ins Zimmer stürmte, dicht gefolgt von Giles und Willow. Oz gab Willow Rückendeckung. Und Xander deckte ... niemand.

Giles blieb beim Anblick von Nemesis abrupt stehen.

»Ah«, sagte sie mit grimmigen Gesichtern. »Das muss der treue Wächter sein.«

»Die Ausgleicherin, nehme ich an?«, erwiderte Giles ruhig.

Buffy hörte, wie ihre Mutter ein kurzes Lachen von sich gab.

Ich habe es geschafft, dachte Buffy. Diesmal habe ich wirklich gewonnen.

»Ich denke, die Kavallerie ist gerade eingetroffen«, sagte Joyce.

Buffy grinste ihre Freunde an. »Hi, Leute. Großartiges Timing.«

16

»Aber ich verstehe noch immer nicht, warum dieses göttliche Ausgleichswesen nicht eingegriffen hat, als die Vampirmutter Buffy angriff«, sagte Xander. »Ich meine, sie hat ein ziemlich klares Foulspiel geliefert.«

Es war ungefähr eine Stunde später, und alle, die an den Ereignissen dieser Nacht beteiligt gewesen waren, saßen in der Summers-Küche und verspeisten riesige Portionen Eiscreme. Oder alle bis auf Angel und Buffys Mutter.

Joyce war völlig erschöpft zu Bett gegangen. Und der Sonnenaufgang war viel zu nah, als dass Angel es hätte genießen können, in Buffys Küche herumzuhängen und kalte Milchprodukte zu konsumieren.

Und dann war da noch die Tatsache, dass Vampire keine Eiscreme aßen.

»Eigentlich«, sagte Giles, als er den letzten Rest Eis löffelte, »dachte ich, dass Nemesis selbst eine sehr einleuchtende Erklärung geliefert hat.«

»Was vermutlich erklärt, warum ich noch immer im Dunkeln tappe«, nickte Xander.

»Er will damit sagen, dass alles meine Schuld war«, warf Suz Tompkins ein. Auf Buffys Drängen hin hatte Suz die Gruppe zu Buffys Haus begleitet. Zum einen, weil sie erste Hilfe brauchte, für die Joyce und Giles gesorgt hatten. Zum anderen, weil Buffy annahm, dass das Mädchen ein paar Fragen auf Lager hatte.

»Ganz im Gegenteil«, widersprach Giles. »Die Vampirmutter war völlig von ihren Söhnen besessen. Ich vermute, sie hatte nie die Absicht, Buffy zu verschonen, auch dann nicht, wenn sie die Prüfung bestand.«

»Jetzt kommt die schonungslose Aufklärung«, meinte Willow schaudernd. »Ich hasse diesen Teil.«

Buffy verfolgte, wie Suz zwischen Willow und Giles hin- und hersah.

»Ich kann immer noch nicht glauben, dass du wirklich einen Kristallkugelzauber durchgeführt hast, Will«, sagte sie. »Das ist eine ziemlich harte Sache.«

»In der Tat«, nickte Willow stolz. »Ich weiß. Aber ich bin wieder okay. Kein Problem.«

»Wir waren bei Nemesis«, erinnerte Xander.

»Richtig«, bestätigte Giles. »Nun, dass Nemesis zuließ, dass . . .« Er sah Suz an, als wäre er unsicher, wie er sie nennen sollte. »Dass Ms. Tompkins die Vampirmutter erledigte, hat eine gewisse Symmetrie. Schließlich waren es ihre Söhne, die . . .« Er verstummte.

»Die meine Freundinnen getötet haben«, vollendete Suz den Satz.

»Ja«, sagte Giles. Er legte seinen Löffel in die leere Schüssel. »Nun, indem sie zuließ, dass Sie die Mutter töteten, schloss sich der Kreis. Es ging um den Konflikt im Allgemeinen, nicht nur um den zwischen Buffy und Mrs. Walker. Ausgleichende Gerechtigkeit. Ordnung. Ich glaube, Nemesis war überaus zufrieden mit dem Ausgang.«

»Entweder das, oder die ganze Sache war von Anfang an ein abgekartetes Spiel«, sagte Buffy.

»Ja«, nickte Giles. »Das könnte auch sein.«

Er stand auf und trug seine Schüssel zur Anrichte. Er spülte sie und stellte sie dann auf den Ablauf.

»Was machen Sie da?«, fragte Buffy.

»Spülen«, antwortete Giles. »Das gehört zu den Dingen, die man lernt, wenn man allein lebt. Nun, ich denke, es ist Zeit zum Gehen. Morgen ist schließlich Schule.«

»Plötzlich fühle ich mich gar nicht mehr so gut«, bemerkte Xander.

»Sollen wir dich fahren?«, fragte Oz Suz. Er und Willow standen auf und brachten ihre Schüsseln zur Spüle.

»Nein, danke«, sagte Suz knapp. Sie stand ebenfalls auf.

»Wir, äh, *müssen* doch nicht spülen, oder?«, fragte Xander. »Denn ich bin mir nicht sicher, ob ich weiß, wie es geht.«

»Schon gut«, meinte Buffy. Sie brachte ihre Freunde zur Tür.

»Danke für das Eis«, sagte Willow.

»Genau«, stimmte Xander zu. »Diese frostigen Kalorien sind immer der Hit.«

Oz legte seinen Arm um Willows Schulter. »Bis später.«

Oz, Willow und Xander verließen das Haus.

»Nun ja«, sagte Giles. »Äh, ich würde sagen, alles in allem hast du heute Nacht gute Arbeit geleistet.« Er folgte den anderen und stieg in seinen heiß geliebten Citroën.

»Bist du sicher, dass du nicht mitfahren willst?«, fragte Buffy Suz, als diese neben ihr auf der Veranda zögerte. »Ich könnte Giles fragen.«

Sie verfolgten, wie Giles den Motor seines uralten Wagens anließ. Rauch quoll aus dem Auspuff.

Suz schüttelte den Kopf. »Zu Fuß bin ich schneller.«

»Giles ist nicht gerade ein Formel 1-Pilot, wie ich zugeben muss. Aber er ist ein verdammt guter Kerl.«

»Hör mal . . .«, begann Suz, während sie den davonrollenden Autos nachschauten. »Wegen heute Nacht . . .«

Jetzt kommt es, dachte Buffy. »Was ist damit?«

»Dieses Wesen, das ich getötet habe, war wirklich ein Vampir, oder?«

»Ja«, sagte Buffy schlicht. »Das war ein Vampir.«

»Und ihre Söhne waren diejenigen, die meine Freundinnen getötet haben?«

Buffy nickte.

»Du hast sie erledigt.«

»Ich habe sie gepfählt, ja. Das ist eine Art Spezialausdruck, den wir für die Tötung von Vampiren benutzen.«

»Die Vampirmutter hat eine besondere Bezeichnung für dich gehabt.«

»Die Jägerin«, bestätigt Buffy.

»Und das ist etwas, das du zum . . . Vergnügen machst?«

»Nein«, erwiderte Buffy. »Zum Vergnügen gehe ich ins Kino oder esse zu viel Popcorn. Dass ich die Jägerin bin, ist mehr eine Art Job.«

»Und Mister Giles ist was? Dein Boss?«

»Mehr eine Art Tutor«, antwortete Buffy.

»Und deine Freunde – sie wissen, was du bist. Sie helfen dir sogar.«

Buffy nickte. »Das gehört zu unserem ganzen Verständnis von Freundschaft.«

Suz betrachtete sie mit müden Augen.

»Ich schätze, dann sind wir am Ende gar nicht so verschieden«, meinte sie. »Du hast deine Freunde, ich habe meine.«

Hattest, dachte Buffy. »Nun, wir haben eindeutig andere Ansichten, wenn's ums Piercen geht.«

Suz lächelte.

»Es tut mir Leid wegen Heidi und Leila«, sagte Buffy. Jetzt weiß ich, wie ich mich an ihrer Stelle fühlen würde.

»Ja, danke.«

»Bist du okay?«

»Sicher. Danke, dass du meine Fragen beantwortet hast.«

Als hätte sie damit alles gesagt, was es zu sagen gab, ging Suz die Treppe hinunter. Auf halbem Weg blieb sie noch einmal stehen.

»Buffy«, sagte sie und drehte sich zu ihr um.

»Ja?«

»Verlier bloß nicht dein Gleichgewicht.«

»Ich werd's versuchen«, versprach die Jägerin.

Sie lächelte, als sie dem Mädchen in der Tarnjacke nachsah, bis es in der Dunkelheit verschwand.

Buffy – Im Bann der Dämonen

ISBN 3-8025-2721-6

ISBN 3-8025-2755-0

ISBN 3-8025-2753-4

ISBN 3-8025-2746-1

vgs verlagsgesellschaft, Köln

Buffy – Im Bann der Dämonen

ISBN 3-8025-2754-2

ISBN 3-8025-2750-X

ISBN 3-8025-2711-9

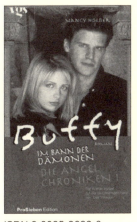

ISBN 3-8025-2699-6

vgs verlagsgesellschaft, Köln

Buffy – Im Bann der Dämonen

ISBN 3-8025-2700-3

ISBN 3-8025-2715-1

ISBN 3-8025-2749-6

ISBN 3-8025-2716-X

vgs verlagsgesellschaft, Köln